杜修炎

著

杜修炎
诗词集

作家出版社

作者简介

杜修炎，字金棚，1935 年出生于湖南澧县，毕业于华中科技大学（原同济医科大学），一生无私奉献于救死扶伤、治病救人的光荣事业。自中学时起就酷爱诗歌，大学时曾任本系年级总编辑。工作生活忙碌之余常常以诗抒怀，吟唱这个伟大的时代、日益繁荣富强的祖国、美满幸福生活的人们。

↑也曾年轻，也曾奔跑，也曾有过属于那一代人充满理想的芳华

↑初为人父，欣喜之余，备感责任与使命

↑青春韶华，拼搏向前，厚积薄发，不负苍天

←洞庭湖畔，岳阳楼前，常思先贤忧民心，常怀时代感恩心

←救死扶伤的天职，白衣天使的责任，辛苦并快乐着

↓同一片蓝天，同一个城市，同一个目标，治病救人几十载的同路人

↑张家界武陵源，放大的盆景，人间的仙境　　↑大学一别二十载，今日重游黄鹤楼

↓大学同学久别重逢，岁月的痕迹泛作脸上绽开的花朵

↑长亭外，古道边，忆同窗，共扶伤

↑澧水之畔同成长，汉江之滨共成材，四十年后再相聚，同赏东湖樱花美

↑京城之东，东方广场，古都之现代，四代同堂乐融融

↑黄浦江完美融合了外滩和陆家嘴的古典与现代，充分展示了上海的优雅与美丽

↑英国朋友 Vernon Spicer 先生惊叹于中国的发展，感激于人民的热情

→珠江之滨，海边之城，改革开放带来国强民富

↑波士顿中国城，孙中山先生的"天下为公"

↑杜洋同学就读的初中 The Fessenden School

↑哈佛大学，哈佛雕像中"三个谎言"

↑费城，美国宪法的签署之地。六年后，孙子来宾夕法尼亚大学求学

↑见证美国与加拿大交界处的尼亚加拉大瀑布的壮观与美丽

↑岁月流逝，青春不再，美好永驻心间

↑长兄为父，血浓于水，时时刻刻牵挂着弟弟妹妹们

↑百年桂花树，十年下放地，一家幸福人

↑八十五载不负韶华、五十五年执子之手，花艳掌声转眼间

目录

序一：人生足迹的吟唱

初识杜修炎先生是五十年前在慈利县人民医院。1965年春，我在常德县东江公社的社教队任工作组长，正值插秧时节，队里的十多个女社员要与我进行插秧比赛（当地男人不干这种活），因为有人传说我在石门县读高中时支援"春耕放卫星"，一天插过1.75亩水田。比赛十分激烈，眼见女社员们就要追上我的时候，我头一晕，一口鲜血吐在田里。常德县人民医院的胸片检查报告上说是浸润性肺结核。当时，人们对这种病是十分恐惧的。我被送回到慈利县人民医院三病室治疗，主治医师就是从武汉同济医科大学毕业的杜修炎医生。他知道我思想包袱沉重，十分悲观，只想活过五十岁。他对我说："不管活多少岁，我们要和病魔作斗争。你看，我也患有支气管扩张，一吐血半痰盂，有什么可怕的。"在他的精心治疗，特别是心理安抚下，我肺部疾病一年就钙化了。之后，我们都结婚生子，又同在慈利县西北重镇江垭工作，我的两个孩子还是杜兄的夫人卢医生接生的。进县城后，我们又在同城的不同单位工作，交往甚密。八十年代儿子参军，还是杜医生在县武装部任主检医生。后来他担任了县人民医院副院长，直到退休，后回岳阳定居。我始终认定杜兄是我的救命恩人。

2005年秋，他从岳阳回慈利，带回了几本诗词草稿，要我"校正"，我一口气读完，大为惊诧，原来他还是一个杏林诗家。我便建议他向报刊投稿，并抄录了十多家报刊的通信地址，又将《乡土诗人》杂志社吴春玲女士寄来发展会员的表册送他一份。之后我退休了随子在新疆住了数年，回乡后，约在2013年收到《乡土诗人》的一份赠刊，发现了杜先生与该刊诗社部领导游览岳阳楼的彩照，还有他的诗作，我感叹不已。他们医院的党组书记杜汉中离休后始练书法，作品盈筐，是省级书协会员。"二杜"就是那种坚持攀登，体验"一览众山小"感觉的汉子。

猴年秋日，杜兄夫妇远道登寒门叙旧，又带来了厚厚四大本手稿，我品读后，除了赞叹还有什么呢？杜兄在医务战线奋斗近半个世纪，同时酷爱传统诗词，积稿齐眉。那是生命足迹记忆的吟唱。

我经过老年丧偶的打击，加上自幼对文学的爱好已经消沉，近年来近乎"封笔"，对杜君的作品感动十分，不敢妄加评议，只觉他的作品有以下几个特点：

一是体裁广泛。从律诗、词曲、古风、竹枝词到民歌、山谣、俚语自由诗都巧妙成趣，田园诗、讽刺诗、咏物诗应有尽有，读来脍炙人口。

二是时空旷荡。从儿时干农活，修堤、砍柴、挑货郎担到学医、从医的每个时段都留下了记忆的作品，直到退休后安度晚年，游览祖国的名山大川和欧美，也不忘用诗的符号记录所见所闻所感。

三是情感真挚。刘勰在《文心雕龙·明诗》中言：人禀七情，应物斯感，感物吟志，莫非自然。杜诗所及的"家事、国事、天下事"都是事事关心，而且投入真情吟唱。杜修炎是一位把感情迸发成激情的诗人。他对故乡、亲友、旧地的思恋无不闪烁在诗词之中。慈利县龙潭湾公社卫生院所在地是他青年从医，与农民结识的一个土家山乡，由于修建江垭水库，当年工作、生活过的地方已经淹没在一片渺渺水域之中，他数次携妻带子，故地重游，用诗歌重刻记忆，感人至深。

　　四是志存高远。从杜诗中对其医德、医风可见一斑，一首《因为我是医生》透显了他对事业的执着，对病人的关心，对自我牺牲的释然。"文化大革命"中，杜兄所在的单位两派对立，闹得天翻地覆，而杜兄两口子不参加任何"革命造反派"，甘愿下乡做医疗队队员，为老百姓治病。尽管有人扣他们"不问政治、走白专道路"的帽子，但他们心中却自有一杆秤。

五是时代节奏强烈。唐代诗人白居易说："文章合为时而著，歌诗合为事而作"。杜兄的许多作品就是迎着时代节奏一起搏动的吟唱。作者出生在旧中国的农村，新中国培养他成长，他对国家大事、天下大事可谓事事关心，如对汶川地震、世界反恐都满怀激情地吟唱。对真善美的追求与礼赞，对假恶丑的憎恨和鞭挞都反映在他的诗篇中。

如今，不乏退休老同志热衷写回忆录，总结自己人生的得失和感悟，启迪后昆，传承文明。而杜君的诗作就是一部别开生面的自传文学。

是为序。

袁奋

序二：吟诗流玉韵，仁术绘春山

——读修炎先生的诗词有感

我通读过这本诗稿，总的印象是修炎是个有心人。

中学时起爱好诗词，从大学到工作，退休到年至耄耋，坚持不懈，十分执着。可以说是一生热爱诗词的佼佼者。诗作中有古风，有律诗，有填词，有新诗，有民歌，真是非常全面，而且是有一定功底。

作诗并不是某个群体的专利，也不是所有人共同的爱好。没有激情的人是不能作诗的，因为诗是精神的火花。诗是有格律的，是缩短了的散文，摒弃事物的过程，用精炼的语言遣词造句，没有一定文化功底的人也不宜作诗。这就给诗人提出一定的要求，修炎先生两者兼备，有丰富的感情，正如原湖北省卫生厅厅长刘学伦所说，他在大学里既是一位高材生，又是一位性情中的好友。诗又是心灵的反射，从中可窥见其为人的品格，正如历史上苏轼和柳永一样，文采不分伯仲，可意境各异。一个要十七八岁女孩儿执红牙板，歌"杨柳岸晓风残月"，一个要用关西大汉执铁板，歌"大江东去"。这本诗作中，可见到一个十分接地气的诗人，很是不易。尽管角色不断变换，都那样朴实无华，心地善良，心系人民。比如说草鞋是一个再普通不过的物品，他做过，穿过，借此有感而发，说要踏着这最草根的东西去度人生，不仅说明他来自何处，也是走向何方的一种表态。再说诗中表达的孝文化，无论是对母亲的追忆，还是对孝衫的刻画，都传承着一份中华民族优良传统的心声。这也是留给后人的一份财富。如今他已是八十高龄了，还在歌"归雁寄思"，这是终生情怀。

我认识修炎已超过半个世纪，共同工作八年之久，知道他是学识渊博，医术精湛，善良慈悯，但更深入的了解，是在看到这些诗词后，更深层次地了解他的品格。修炎熟悉平仄，深知对仗，他说恐因字害意，喜欢直描。像李白在开船时，听到岸上踏歌声，于是就直述深情，说"桃花潭水深千尺，不及汪伦送我情"。多么直白、爽快，不加雕琢。修炎喜欢这种方式，不追求险峻，不以华丽辞藻取胜，故作媚态。像《钓鱼拾粹》《太阳的光辉》等等，大多作一些长歌当颂的形式以抒怀。也常念旧、怀友，在声韵的海洋中遨游。赞颂中华传统美德，弘扬正能量，以踏歌畅咏来度过美好的夕阳人生。如果把世上的生活分为几个等级的话，这难道不是高雅层次吗？

我住澧水头，君归洞庭水，日日思君不见君，共饮长江水。诗如其人，看到这诗集，能不怀念故人吗？读修炎的诗能解些思愁。但愿以后能多见一些佳品，代诉离情。

汉中·乙未仲秋

心　愿

一条绿水当弦管，

二面青山作画屏。

寒夜磨敲诗几句，

孤灯细咏泪无声。

诚期后辈勤钊勉，

足使衰翁喜朗吟。

倘有文章为客赏，

只缘俗语有知音。

洞庭我故乡

情怀八百里，

吞吐五江浪。

鱼米飘香处，

洞庭我故乡。

注：五江是指湖南境内的湘江、资江、沅江、澧水
河四条江，以及这四江最终汇入的长江。

竹枝词·家乡美

十里荷花飘郁香，

万顷稻谷荡金浪。

人民生活甜如蜜，

秀美家乡赛画廊。

春风频吹暖心头

月儿弯弯照澧州，

春风频吹暖心头。

满目桑叶绿又亮，

养蚕姑娘喜丰收。

河水顺从人意流

月儿弯弯照澧州，

河水顺从人意流。

淹水洼地变高产，

天旱坡地不用愁。

浪劫天涯留余生

乙亥七月阴雨多，澧水疯涨起狂波。
百姓深受洪水难，瞬间堤垸遭溃破。

为求生存急计谋，木板扎排当舟坐。
全家聚在木排上，忐忑不安随洪波。

洪峰袭来无法躲，房屋家具浪打破。
鸡猪大多被冲走，牛羊随浪也难活。

母亲怀我八月多，手抓树枝正歇脚。
谁知恶浪涌来急，留下母亲树上搁。

有劳碗粗苦楝树，救下落难人一个。
飘过汪洋救命声，半夜船接上堤坡。

母亲衣湿又受饿，面迎灾难忍折磨。

家人见面喜又急，不知小孩死或活？

好在八月晴天多，屋场退水半月过。

人们忙着清瓦砾，一贫如洗不用说。

找来木板搭起棚，捡来砖头架起锅。

买点柴米和油盐，总算日子凑合过。

九月初六瞳瞳日，母亲棚中生下我。

也许人性知苦难，迎世哭声震山河。

家人团聚均喜乐，取名"金棚"期寄托。

祈愿世上少灾难，人人安居有"金窝"。

注：出生散记，详情从父母及奶奶的讲述得知。

我的妈妈

我的妈妈，

个子不高，一脸微笑。

勤俭持家，待人友好。

我的妈妈，

给我喂奶，帮我洗澡。

教我走路，逗我睡觉。

我的妈妈，

缝衣做鞋，为我辛劳。

教我唱歌，送我上学校。

我的妈妈，

儿子淘气她指教，

儿子生病她心焦。

我的妈妈，

二十九岁病重辞世去，

离我太早。

我的妈妈，

儿没有好好侍奉您，

没有尽一份孝。

想起我的妈妈，

泪如雨，

心已碎，

魂欲掉。

孝　衫

一件孝衫穿五年，

九岁穿到十二三。

三年穿白衫，

染成灰色再穿两年。

开始穿长了，

卷起一道七寸长的边。

后来穿短了，

放开卷边又再穿。

一件孝衫穿五年，

要算土布真耐穿。

母爱母魂都在孝衫上，

孝衫记下儿的孝心篇。

竹枝词·放牛

书包放下牛为伴，

骑上牛背寻草园。

同伙牧歌唱不停，

歌声围绕四山欢。

一盏煤油灯

一盏煤油灯，

半夜寒窗明。

伴我写作业，

静听读书声。

竹枝词·草鞋

金黄稻草一根根，

草履编成伴我行。

泥泞冰溜心不惧，

征途迈步好知音。

注：小时候常跟瞎叔叔学习编草鞋，每当穿上自编

　　的草鞋，很是得意。

条条黄瓜尺半长

条条黄瓜尺半长，

生食清甜熟吃香。

君若有缘来菜圃，

切莫错过亲口尝。

豆荚结果成对双

汗水浇灌青藤长，

豆荚结果成对双。

待到满园似柳垂，

少翁皆宜口中香。

藕

虚怀默默隐田塘，

亮节不染卧泥床。

玉洁鲜嫩盘中膳，

丝连甜脆口心香。

西瓜颂

似球似颅心胸宽，

地上架下无怨言。

面对钢刀怀似火，

爱至深时味始甜。

笋

破土排石逢春生，

一夜冲出笋千根。

身着金甲衣百重，

兄弟牵手竟无声。

竹枝词·新客

细雨春风巧剪裁，
纤纤杨柳舞漫开。
小楼昨日添新客，
剪影呢喃进屋来。

思竹吟

身受凉风思竹吟，

贤良巧手暖人心。

有花室内春常在，

淡雅庭前看彩云。

七律·扫帚

木棍竹枝身骨强，

棕丝塑料着轻装。

高堂陋室勤工务，

屋角墙头立禅房。

万户千家同结友，

除尘保洁敢担当。

年年宙宇留清气，

日日人间守健康。

俺是农村娃

俺是农村娃，

从小地上爬。

满身泥土味，

管人白眼斜。

一根小弯树

山崖籽落石间生，

身骨蟠虬露曲根。

谁识雕琢成手杖，

助君征路步青云。

五律·春早

和风轻拂爽，

淅沥雨如麻。

布谷啼声急，

田家话种瓜。

知时春又早，

垂柳吐新芽。

小伙犁耙取，

姑娘采嫩茶。

修堤谣

农忙田中作，

农闲修堤垸。

修堤挡洪水，

一年复一年。

来去摸黑走，

扁担不离肩。

农民不怕苦，

就怕洪水淹。

种棉苦

棉花朵朵白如银，

纺纱织布慰民生。

春来播种费思量，

夏日中耕汗湿襟。

除虫敢受农药害，

摘棉犹遭酷暑蒸。

今君安知种棉苦？

请听棉农话知心。

儿时伴

同住澧水旁，
走读沿河堤。
自小同游乐，
长大各东西。
我愿种杏树，
你志育桃李。
马驰牛奋蹄，
驾舟风浪急。

赶集

年前两日天刚亮，

　　我挑一担筐。

内装大蒜六十斤，

赶集北上彭家场。

寒风凛冽手如包，

外衣好似玻璃装。

雪花飘舞天地白，

两脚踏雪沙沙响。

刚到下午两点半，

一担大蒜全卖光。

正好买肉八斤多，

心中自然喜洋洋。

同伙四个手脚僵，

一心只朝过年想。

雪还下，路也滑，

连走带跑归路上。

货郎担

少时肩挑货郎担，

赤脚草鞋走边关。

惹得恶犬高声吠，

迎来老小展笑颜。

这头担着纸笔墨，

那边挑的碗糖盐。

货物换回废铜铁，

常伴夕阳下青山。

注：1951年家乡发生水灾，故挑起货郎担做点小生意，远走边沙河、马头铺等山区。

七律·关山①砍柴

从来菜圃缺柴烧，

常砍关山五尺茅。

晓月伴咱山路远，

轻风拂俺汗珠消。

全神警惕蛇虫犯，

两手常遭棘刺挠。

冷饭凝香吞肚里，

肩挑茅草踏秋宵②。

注：① 关山：澧水南面，位于澧县与津市之间。

② 秋宵：砍柴多是在秋天，朝去晚回。解放

初期是经常事。

送哥参军谣（二首）

一

风和日丽行匆匆，

脸红心热情浓浓。

阿哥今日去参军，

阿妹润眼含笑送。

二

阿哥参军为国防，

一心一意站好岗。

家中事儿莫牵挂，

千斤重担阿妹扛。

采桑子·高考归来

　　高招考罢归思起，斜日西沉，眉月东升，轻步同行七八人。

　　星光路上清歌引，夏夜风轻，笑语声声，一夜归来百里程。

　　注：1958 年 7 月赴常德市参加高考，考毕当天晚上，一共有澧县、临澧县的八位同学连夜步行返家，行程百余里。

出洞庭

同窗圆梦下江城，

气胜心怡出洞庭。

两岸翠岚江水远，

扁舟一叶载深情。

注：宋先椿是我初中、高中同学，又同时考入武汉
　　同济医学院学习。入学路上一同乘一叶小舟到
　　津市，再乘轮船到汉口。以诗记之。

雨后天晴

晨观天色雨骤淋，

心细行舟罢远征。

云散西天红日现，

扬帆正是好新晴。

七律·观长江大桥

乍到江城好个秋，

往来三镇不须舟。

一龙快速桥中过，

百舸逍遥水上游。

黄鹤仙人何日返①？

晴川玉笛绕江楼。

龟蛇握手夸新景，

江汉合流洗客愁。

注：①黄鹤仙人何日返：修长江大桥已将黄鹤楼拆
除，仅剩故址。1958年初秋在大学读书时首次
观长江大桥，有感而赋。

大学梦

光阴如风，

来匆匆，

去也匆匆，

来去总是不从容。

刚如愿，

大学梦。

转眼又在说再见，

真像做新梦。

校园里，

郁郁葱葱。

老师同学朝夕共，

情相通，谊正浓。

教学楼前手相携，

实验室里心相同。

科学路上迈步走，

一切都在斗转星移中。

五年岁月似流金，

极目前程花正红。

道别情谊难割舍，

挥手时刻泪双涌。

神州大地去放飞，

扬鞭策马乐无穷。

百折不动摇，

永远像劲松。

筑路歌（四首）

一

春风劲吹杨柳绿，

正好汉丹修铁路。

师生上阵干劲足，

党员团员来带头。

二

百斤石板八只角，

四人八绳各拉各。

齐心协力天上举，

打在地上一个窝。

三

太阳还在做美梦，

月亮仍挂西山坡。

筑路健儿工地上，

劳动号子震山河。

四

汉丹线上突击连，

筑路干劲动地天。

银锄频频空中舞，

一肩挑起两座山。

注：1960年春，我校师生轮流参加汉丹筑路，我是
突击队队员，也是宣传员。

相知的心

走进寂静的夜晚，

仰望闪闪的群星。

你是否和我一样，

孤独、寂闷，

苦苦地回忆——

那往日相聚的朝夕，

那校园深深的脚印。

春风微微吹来，

嫩叶匆匆展青。

你是否和我一样，

雀跃、欢欣，

甜甜地回忆——

那一双凌风驾云的翅膀，

那激情奔放的心声。

南飞的归雁，

蓝天的白云。

带走我的期待和真诚。

在未来的时光，

在科学的殿堂。

感受你那圣洁的微笑，

幸福地回味相知的心。

蝶恋花·鄂城梦

乍到鄂城香梦觅，绿柳丝长，心共西山碧。池里荷花风欲曳，夜长梦醒无眠意。

回望江流涛不息，曲径烟笼，燕舞青云匿。明月满楼身独倚，阳关曲管歌无计。

菩萨蛮·黄冈赤壁

黄冈赤壁怀先哲，纵观三国兴和灭。怅望问江流，卷人多少愁？

江山昭日月，故国多豪杰。都赞孔明神，周瑜何损心？

注：1962年秋于鄂州市。

沉默

沉默，

是忍耐孤独，坦荡胸襟，

也许是无奈而高尚的选择。

沉默，

就是走进冷漠的世界，

不必去作牵肠挂肚的表白。

沉默，

是不把烦恼、痛苦转嫁，

将恩恩怨怨彻底割舍。

沉默，

为了他人的幸福而心安理得，

也不会受到良心的谴责。

沉默，

是把自己忘得干干净净，

缠缠绵绵或许是极不道德。

沉默，

使人生道路充满憧憬，

也会使爱的阳光更加纯洁。

路

路，

要人走，要人踏；

要人修，要人架。

不可占，不能垮；

不可毁，不能挖。

路，

多是正道和直路，

有歪也有岔。

有坦途，有陡坡，

有坑也有洼。

路，

有泥泞，也还滑，

路上乱石多，

有草有刺也有花。

修路人，

总是有人赞、有人夸，

挖路毁路人，

总是有人指责有人骂。

走路的人，

总是有人叮嘱他：

平坦大道好好走，

山路小路要细心，

步履要稳胆要大。

走路莫分心，注意绊脚石；

不要去摘花，防刺扎。

遇到陡坡莫灰心，

聚精会神用力攀、用力跋；

泥泞路上要防滑。

特别注意走正道，

不走歪路不走岔。

做人就要骨头硬

办事常须心意诚，

做人就要骨头硬。

混财迎面手休痒，

入耳奉承神脑清。

听钟声

秒秒钟声报不停，

流光朗朗恳叮咛。

劝君道上多珍重，

何待白头悔恨深。

忆澧县一中旧景（三首）

一

澧县城东八角楼，

兰江楼下水悠悠。

校园学子书声琅，

池里荷花鱼伴游。

二

岿巍文庙小西门，

碧瓦高檐朱柱深。

有志青年求学处，

满园桃李伴春吟。

三

澧县北门旧教堂，

新楼柳绕健身场。

雄鹰展翅期丰羽，

灯下园丁伴夜霜。

注：解放初期，九澧联中改名为澧江中学，以后又
　　改为澧县一中。随后进行迁址，约1953年，
　　初中部迁至文庙，高中部迁至澧县城北门外
　　（包括天主堂旧址等）。

一段情

万福坡上大翻身，

映眼高楼灯火明。

害得老夫难相识，

原是方丈热水坑。

难有金秋访故里，

未忘心中一段情。

露天洗完热水澡，

摔倒我和沙中文。

注：回忆起1964年春，我和沙中文在热水坑沐浴后，

　　同乘一辆自行车，摔倒在回单位的公路旁。

木兰花·"文革"中

平生苦病欢心少，难得亲朋陪一笑。旧庭秋夜冷风横，落叶任风随意扫。

孤鸿爱暖归飞好，杨柳逢春枝叶俏。破云皓月梦催醒，寒雨休时迎晓照。

浣溪沙·七〇年看雪

漠漠雪飞掩小楼，夜寒冰箭挂檐周。小河凉水正东流。

满目山川空自白，一腔赤血济人忧。卷帘重倚几多愁？

木兰花·下放杨柳村

　　夏风临巷春归去，又遇墙头云雾雨。石渣路上驶车沉，碾碎浮生千万绪。

　　奈何来客几多虑，杨柳村前风吹絮。落花流水逝黄昏，独卧茅庐伤愉怿。

一剪梅·感怀分配路上

一路欢心到洞庭，月也溶溶，水也清清。彩灯伴我上湘轮。波浪滔滔，心浪频频。

学子归乡喜在心，风又飕飕，雨又纷纷。奈何岁月不由人。少了青丝，多了皱纹。

注：1970年下放龙潭湾时，望着纷纷细雨中的滔滔澧水，静思1963年分配路上，感怀而作。

清平乐·思念

飞鸿传语，未尽离人意。四面青山如壁立，江水无情东去。

柳丝拂岸青青，林中百鸟知音。人隔天涯何处，小楼寂冷无声。

注：1971年于龙潭湾乡。

诉衷情·怀念梅村学友

朝朝暮暮共寒窗，手足友情长。桃源师范园里，年少气，梦中香。

酬壮志，赴新疆，命归殇。惜音容在，往事难离，泪洒湘江。

注：吴梅村是我初中同学，同住一村，上学同去，放学同回，亲如兄弟。不幸其染病早逝，深为怀念。

因为我，是医生

何必曾相逢，

何必要相认。

责任重如山，

职业尤神圣。

因为我，是医生。

不必说感谢，

不必找熟人。

家人着急我理解，

病人痛苦我知情。

因为我，是医生。

个人私事可全抛，

自己伤病可不问。

医院是战场，

抢救分秒争。

因为我，是医生。

饥饿可忍耐，

睡眠可叫醒。

人命大如天，

救人是命令。

因为我，是医生。

生命可寄托，

秘密可吐倾。

我和病人心贴心，

不是亲人胜亲人。

因为我，是医生。

廉吏第一于成龙

——写给当代的公仆们

任劳任怨任自穷，尽心尽力不任功。

万代留名百姓官，廉吏第一于成龙。

国有难处就需他，每次受命水火中。

为民除害细侦察，迎难虎穴显英雄。

小人刁难他不顾，贪官欺压岂能容。

皇上明察心自慰，"难得好官应重用"。

当代公仆理自重，明镜照后可脸红。

河边行走防鞋湿，勤政为民应尽忠。

虞美人·美国乒乓球队访中国

残云薄雾何时散？海阔朋侪远。北京城里吹东风，万里碧空犹可架长虹。

人民友谊春长在，花艳蜂来采。乒乓球队喜相迎，好似暖流融解百年冰。

五律·痴念

朝发江垭镇，

眠归娄水湾。

谷深途坎坷，

山险夜风寒。

翘首银河在，

低头未有言。

倚栏思母女，

痴念岭峰穿。

注：1972年下放龙潭湾时，一次从江垭出发之心境
　　写照。

五律·夜归

江边石路行，

丛草闪流萤。

山上饥狼噑，

身旁蟋蟀琴。

夜程三十里，

寒月共长明。

露冷归心急，

回家近五更。

注：某日和五岁女儿从龙潭湾回江垭记之。

好大一片云

好大一片云，

来自洞庭滨。

随风游寰宇，

伴雷降凡尘。

酷热遮阴凉，

久旱送甘霖。

结友遍天下，

洗耳听怨声。

七律·出诊四方台

藤萝曲径雾中山，

云崖倚杖苦登攀。

病人伤重呼医急，

促我躬行汗湿衫。

目睹殷红鲜血涌，

包扎救治痛心安。

堂前告谢真情在，

秋月松风送我还。

注：四方台，位于"文革"期间下放的慈利县龙潭
湾乡的一座大山上。

浓雾

浓雾翻腾气焰嚣，

山川天地混尘淆。

正当迷惘难寻道，

红日一轮驱雾消。

忧

几度醉饮水边酉，

深知难解心上秋。

十年劫难夕下夕，

国伤怎不心携尤。

注：中华汉字形美意深有趣，故作小诗一首以示。

欢欣我国回到联合国

蒙辱受屈百余年，

割地赔款丧主权。

世界人口最多国，

联合国里空席面。

怪怪怪，冤冤冤，

只怨昏君掌大权。

共产党领导革命成，

中国人才挺起了腰杆。

东方巨龙要腾飞，

醒狮一吼震人间。

今日回到联合国，

世界又有了中国人尊严。

注：1971年于慈利。

七律·送瘟神

南国逢春暖气生，

千军振臂送瘟神。

万年魔怪殃民苦，

百载枯林竟发青。

药撒汉湖螺痞灭，

火烧苇草断虫魂。

神州十亿凯歌奏，

一代尧天大地馨。

注：1973年参加血吸虫防治医疗队，于澧县。

倔友小和爹

最普通最普通的农民，

最诚实最诚实的人品。

朋友来了最热忱，

傲慢虚伪人来了冷冰冰。

自己病了他不用药，

朋友病了他忙着请医生。

一天不讲两句话，

有时肚子饿了，

只吃个红薯或冰棍。

做事不喜欢人打岔，

有事只闷在心里不吭声。

刚直孤僻性格天生就，

不信菩萨不求人。

一叶小舟伴他后半生，

两只鹭鸶就是他的命。

不喜欢的人高价也买不到他的鱼，

朋友或可怜的人要鱼，

他给你送上门。

注：小和爹真名卓名和，慈利龙潭湾乡人。因村里
　　有两人同名，他年小故称小和。

我的朋友是山里人

我的朋友是山里人，

经常背着竹背篓，

走在山坡小曲径。

春日上山种玉米，

夏天丰收时脸上笑盈盈。

我的朋友是山里人，

不是脚不住就是手不停。

天晴下雨一样闲不住，

上山放牧着牛和羊，

家中养着鸡鸭一大群。

我的朋友是山里人，

来了客人礼貌又热情。

全家老小都和气，

带着我山前屋后转得好高兴。

看那南山的桐子树挂了果，

看那北山的木梓树上白如银。

我的朋友是山里人，

心里想的是共产党好，

口里唱的感恩山歌也动人。

唱得水库鱼儿白如银，

唱得山崖悠悠响回声，

唱来丛林百鸟齐共鸣。

我的朋友是山里人，

常常告诉我村里的变化和喜讯。

公路已修通到家门口，

家家户户用上了电话和电灯。

卓小妹今年考上了大学校，

李大爷马上就要添重孙……

五律·慈利二中抒怀

千年育古树，

一水绕山城。

破晓钟声响，

夜来灯火明。

哗哗流水急，

琅琅读书声。

马列传风纪，

丹心谱汗青。

注：写于1975年在慈利二中任教时。慈利二中地处江
垭九溪城，环境优美，曾是慈利地下党活动中心。

五律·老师颂

默默寒窗下，

谆谆教诲声。

满腔倾赤热，

残蜡尽燃明。

四海书斋暖，

千家翰墨情。

凤鸣深院里，

儒子五湖春。

注：一日看见八十高龄的胡道一老师正在批改诗
词，心生敬意。特赋五律一首以赞。

走天涯

轻车南下走天涯，

碧海蓝天映彩霞。

北国纷飞大雪日，

南疆正是稻扬花。

注：1975年写于海南岛。

仙人掌

骨傲形狂不中看，

荣枯生死爱沙滩。

遍身长刺为生计，

耀眼鲜花美世间。

海南捕鱼

行程三千里，
浩荡四百人。
南繁制种队，
驻扎藤桥村。
白日田中作，
夜晚当渔民。
月照海滩乐，
食鱼话友情。

注：1975年10月参加杂交水稻制种队的保健工作，
驻扎在海南三崖藤桥村等地，常常和村民一道
下海捕鱼，其乐无穷。

十六字令·钱（三首）

一

钱，柴米油茶酱醋盐，家邦里，无它度日难。

二

钱，一角一分应知艰，深思忖，血汗浸其间。

三

钱，惹事生非人不安，忧和乐，盼君添善缘。

水龙吟·登岳阳楼

洞庭曙色流丹，岳阳楼上人忘返。清风拂爽，侧身巧倚，凝眸眺远。浩渺烟波，连云樯橹，长虹惊艳。并巫山云雨，潇湘碧浪，天连水、云追雁。

应是东吴鲁肃，阅军楼，几经重建。子京卓识，仲淹忧乐，五洲传遍。今仰名楼，神怡心旷，誉光怀满。最开心更是，亭廊记赋，系邦民愿。

铁山水库行（二首）

一

青山腾紫雾，

碧水绕山忙。

聚雨为桑梓，

倾情向岳阳。

二

水碧山岚秀，

清风拂面忙。

泳游身健巧，

鱼鳝口中香。

注：写于湖南岳阳。

对歌

男：百里湖水波连波，往来游船穿梭过。

　　坡上茶妹歌一首，哥在船上笛声和。

女：船行水上哥掌舵，哪有闲心听唱歌。

　　等到日落哥上岸，再来唱歌哥来和。

男：哥正头照当顶日，正是肚饿口又渴。

　　只要听到妹唱的歌，立刻肚饱口不渴。

女：船上不能分心多，回家不能路走错。

　　妹在屋旁等着你，仍唱好听的采茶歌。

流光曲（三首）

昨天

昨天，常使人思绪联翩。

有多少人忘记了昨天，

昨天如流水，往事如烟。

有人欢喜，也有人遗憾，

也许有人懊悔，有人眷恋。

只怨人生一瞬，昨天太短暂。

路可回头看，还可回头走转弯，

唯独昨天，永远不会有再见。

今天

今天，叫人最爱的就是今天。

无须等待，正好面对面

更不可存储，不容怠慢。

清醒的人，应紧紧把握着今天。

盛开的鲜花，远征的大雁，

聪明的人会加倍珍惜今天。

喜悦的笑脸，成功的光环，

正在给追梦人呐喊：加油登攀。

明天

明天，多么美丽的明天，

充满了梦想和期盼。

阳光的大道，蔚蓝的天，

创新者的前途，辉煌又灿烂。

明天，也许是懒惰者的坟墓，

也许是勤奋者绚丽多彩的乐园。

明天的路，也会有坎坷，有磨难，

人生的价值，可能就在明天实现。

莫忘雨具带身边

青石板在流汗，

含羞草把门关。

蚂蚁忙着搬家，

蜜蜂正在加班。

创伤关节痛酸软，

风来远处鸟黑天。

上班下班出门人，

莫忘雨具带身边。

鹧鸪天·悼周总理

窗外风寒举国忧，青山素裹泪长流。悲声恸地神州泣，陨落星辰光耀留。

酬壮志，奋耘筹，功丰德范誉寰球。情深且为忠魂舞，悼念当师孺子牛。

注：1976年写于岳阳。

老牛赞

无怨当年住草房，

细嚼百草始知香。

天生憨厚人为友，

不用扬鞭耕作忙。

注：谨以此诗献给那些曾经住过牛棚的老知识分

　　子。1980年于长沙。

假花盆景

花妍果硕盆中景，

巧匠原来假乱真。

休怪老翁看走眼，

平生常悔不留神。

春游桃花源

春风劲吻桃花雨，

翠竹轻摇雀鸟鸣。

映眼水田铺嫩绿，

渔歌引唱犬鸡声。

团湖乐

烟笼春水漾清波，

风逐云飞雨吻荷。

鹅咏蜻蜓追燕舞，

鱼游蛙跃妹放歌。

注：团湖，湖南岳阳市风景旅游地，中心为万亩荷花湖。

经商谣（二首）

并非商人均姓奸

并非商人均姓奸，

赚钱本是人所盼。

只要不是黑心钱，

腰缠万贯仍可赞。

再说商人未必奸

再说商人未必奸，

依法经营赚点钱。

百姓遭难常解囊，

国家需求鼎力援。

莫学瓦上霜

瓦上霜，

秋天深夜落，

不畏寒冷降。

我的歌，

想把它赞扬。

我想了又想，

劝君莫学瓦上霜。

它高高在上，

爱做表面文章，

更害怕阳光。

阴霾过后是艳阳天

没有风寒严冬、冰刀凌剑，

哪会有明媚的春天。

没经过崎岖的攀登、汗水洗面，

哪能到达峻美的山巅。

不历岁月沧桑、饱尝人间辛酸，

怎会觉得生活的甘甜。

大千世界，万物总分阴阳，

宇宙总有风云雷闪。

彩虹必在风雨后，

黑夜总在黎明前。

漫漫的阴霾过后，

迎来的总是艳阳天。

张家界欢迎朋友来休闲

来到张家界景区武陵源，

攀登黄狮寨、西海、天子山。

俯瞰奇峰叠峦松杉碧海，

看朵朵白云拥抱着群峦。

幽谷金鞭溪流水涓涓，

春夏百花开时峭壁艳。

秋日木叶枫叶红似火，

隆冬玉彩银树冰帘如令箭。

十里画廊名不虚传，

峰巅悬崖的古松昂首千百年。

含羞少女弹琴半遮面，

老寿星欢迎客人来参观。

日照千峰叠峦金光闪，

雨后百丈飞瀑生紫烟。

采药老人忙着进山去，

母鸡迎客正下蛋。

去观赏气势雄伟的骆驼山，

自生桥上考验英雄胆。

去宝峰湖上荡轻舟，

细听俏男玉女对歌情绵绵。

黄龙洞内多奇观，龙泉可行船。

猴儿嬉戏在洞中花果山。

定海神针支撑大山的重量，

龙王高坐为你护驾保平安。

多少神话传说民族风情，

使人遐想，撩拨思绪万千。

向王阅兵气势雄，

张良聆听黄石公的教言。

仙女姐妹望夫快快归，

秦始皇挥舞万丈赶山鞭。

茅古斯舞舞活世界地质公园，

吊脚楼主人欢迎朋友来休闲。

五律·峰翠唤诗灵

——美哉张家界

水碧观星落，

风和拂草青。

山高明月近，

云淡客身轻。

洞壑龙威显，

林深鸟集鸣。

谷幽生紫气，

峰翠唤诗灵。

武陵春·春游武陵源

冬去春来残雪尽，旭日照新楼。人往车来忙不休，亮嗓练歌喉。

陶醉武陵春又早，好似画中游。鸟语花香荡彩舟，笑语逐风流。

五律·张家界柳杨溪

两岸山花艳，

三峰冒紫烟。

水流青石冷，

日照绿林岚。

鸟展蓝天阔，

鱼游碧水喧。

主明天地美，

盛世步程宽。

七律·西海天子山

高谈笑咏上瑶台，

曲径松风入梦来。

沧海横流飞鸟没，

峰峦起舞戏猿乖。

四方游客云涛里，

一道霞光靖雾霾。

遥想当年红老总①，

光明大道此山开。

注：①红老总：红军贺龙元帅。

七律·美哉金鞭溪

再瞩山崖险又深，

俯观溪水似明镜。

叠峦遥览千峰秀，

竹苑临听百鸟音。

流水潺潺鱼渐远，

征途坎坎客凌云。

谷幽到处风增爽，

雾绕层林草绣茵。

七律·天门山

鬼斧神工门洞开，

缆车栈道出崖来。

雄鹰几度穿门秀，

虹彩多番映眼乖。

远望骄阳挂树杪，

近观绿水绕楼台。

有缘放眼天门景，

紫气清风壮我怀。

注：天门山，位于张家界风景区。

七律·游宝峰湖

叠翠峰峦水一盅，

鸳鸯白鹭谊偕浓。

嫦娥乘月清波里，

大雁留声薄雾中。

丽阁飞歌腾紫气，

彩舟漾水映花红。

苍松鸟语迎来客，

夕照丹崖醉老翁。

注：宝峰湖位于张家界风景区。

七律·纤夫的歌

腊月风寒酷冷多，

悬崖岸畔汗滂沱。

面朝黄土肩纤绕，

背顶蓝天脚石磨。

你唱险滩情义薄，

我歌逆水聚神拖。

滩头何日沧浪静？

乐驾轻舟尽是歌。

土家人迎新娘

白雪纷飞天刚亮，

彩车列队大街上。

喇叭声声锣鼓响，

鞭炮阵阵迎新娘。

男男女女儿时伴，

推推攘攘拦新郎。

新郎背着新媳妇，

大汗淋漓来拜堂。

七律·江垭水库行

卅年秋日望归程，

碧水粼粼咏古今。

滩浅纤夫挥汗雨，

潭深放棹荡楫声。

千湾水库今朝美，

万户灯明古镇新。

游舫笙歌追鹭舞，

渔人脸上笑盈盈。

过雪里湖

溢彩峭崖一路开，

流霞雾海我常来。

游鱼水里倾情乐，

瀑布飞崖述我怀。

注：雪里湖为湖南慈利县龙潭湾乡的一个地名，娄
  水的一段。

砍樵木龙潭山崖

一望龙潭水澄清，

砍樵同伙险崖行。

柴标千尺愁船小，

划破清波秋月明。

注：木龙潭是慈利县龙潭湾乡潭口村的一地名，娄
　　水的一段。

稚女心

抓丁父去断无言，

稚女薄衾伴母眠。

隔壁有鱼门缝看，

谁唏孩子嘴儿馋。

重庆

雾拥云抱一仙山，

扬子嘉陵二水间。

问鼎明珠何处是，

蓝天盛世览奇观。

注：1990年8月于重庆。

峭崖松

头顶骄阳立峭崖，

冰摧雨洗北风夸。

沧桑历尽云中耸，

劲骨繁枝亮物华。

江垭大坝

一坝百丈深，

拦水枕山横。

镇锁恶龙蛟，

风光万户明。

急诊室

呻吟痛楚牵人心，

白衣战士当雷霆。

伏暑面颊汗如雨，

严冬手脚僵似冰。

全心全意争分秒，

尽职尽责伴月星。

一言一行千钧重，

无怨无悔度平生。

注：每个急诊室的病人，都牵动着医务人员的心。

急诊室的工作使人难忘。特以小诗一首献给医

院急诊室的医生、护士们。

七律·看《西游记》后

唐僧西去志尤坚，

不畏征程步履艰。

妖雾巧妆难辨认，

师徒守善陷谜团。

邪心八戒言行败，

慧眼金猴气贯天。

漫道沧桑当远虑，

莫将大圣放归山。

扁担谣（二首）

一

一条扁担五尺长，

挑的月亮和太阳。

追逐幸福跟党走，

小康路上志昂扬。

二

一条扁担五尺长，

挑的儿女和爹娘。

责任路上莫停步，

孝道心田敢担当。

忍

心上去把刀，

内涵十分好。

饶人福自来，

祸在忍中消。

春分雪

天飞鹅毛正春分，

落地瞬间影不明。

大地只需添湿润，

水珠何必变花临？

咏风

悦意催开二月花，

清凉夏日万千家。

扬花传粉时无误，

鼓棹扬帆走海涯。

叹风

横扫黄沙漠池昏，

乌云漫卷雨倾盆。

一声怒吼摧房倒，

呼啸入林翻树根。

喜见坦途峰壑来

——送子上大学

风雨兼程过岭寨，

青山着意述情怀。

天开丽日山花艳，

喜见坦途峰壑来。

清明祭

晚辈清明去祭坟，

山间小路过前村。

和风细雨千行泪，

爆竹鲜花表孝心。

病床上

花晨月夕好时光，
人生最怕卧病床。
呻吟痛楚苦难熬，
还劳家人日夜忙。

孔明神算

刘周合谋将曹攻，

计高用火借东风。

可悲公瑾小人心，

早在孔明神算中。

七律·登黄狮寨

丹崖小路勇登攀，

力尽筋疲汗湿衫。

好友舒心添雅兴，

大医悦意拥蓝天。

清风拨雾胸臆爽，

霁色腾云肺腑甜。

花发情深豪气在，

遥寻林海到蓬山。

注：1990年9月与同窗好友同济医大教授、博士生
　　导师宋善俊夫妇等同游张家界，深感森林公园
　　犹如蓬莱仙境。

欢呼我国载人飞船成功返回

自古梦多欲飞天，

今庆飞船载人还。

心随英雄笑挥手，

五洲华人尽欢颜。

苏美航天虽在先，

我不失志往前赶。

中华精英奋拼搏，

太空握手在明天。

到时举樽对空饮，

再贺神舟宇航员。

芙蓉国里齐欢呼，

太平盛世万万年。

注：得知我国载人飞船试飞成功后，特别高兴，急
赋"顺口溜"一首。

归路漫漫

——一个老人的故事

崎岖山路青年影，

只因谋生苦登程。

朝思暮想十余载，

易分难舍百日情。

归路漫漫六十秋，

相见悠悠两霜鬓。

春风来晚言难尽，

落叶未归伤苦心。

七律·怀诗圣杜甫

时事沉浮路险艰，

茅庐漏雨不心安。

四方辗转秋风里，

一世奔波漫雾天，

蜀道难行江水冷，

岳州苦咏夜舟寒。

伤情子美家邦梦，

抱憾长眠汨水边。

历险记

飞车出诊过长潭，

巨石千斤滚下山。

不是天公生慧眼，

人车命断到黄泉。

注：1992年夏日的一天，深夜出诊，经过长潭河公
　　路时，山上一块约千斤巨石从车右前方三米处
　　滚落，虽车过人安，亦使人心惊。

咏梅

飞雪吻梅开，

清香扑鼻来。

花随冰冻盛，

淡雅上书斋。

牡丹

花蕾初开即吐芳，

众人赏赞卉中王。

天姿国色千花妒，

何必人夸第一香。

紫薇

秉性豁达身不躬，

疏枝刚直舞东风。

花开艳丽招蜂蝶，

炎夏温馨园圃中。

第一次在高速路上

朝别山崖澧水河，

车行高速早如梭。

松樟路畔无暇接，

瞬眼湘江脚下过。

洞庭秋

登楼远望洞庭秋，

鸥鹭青云水上浮。

队队渔舟天际去，

渔歌阵阵乐心头。

游武汉大学

秋日珞珈清爽天。

苍松金桂满幽园。

扬鞭学子勤磨砺，

伏枥尊师蜡正燃。

注：1993年秋，与大学同学邓文桃一道去看望同学
宋先椿就读于武汉大学的女儿宋玲，随感。

访归元寺

同侪兴至访归元，

正是炎蒸江汉天。

室内焚香烟袅袅，

弥勒大肚笑开颜。

浪淘沙·同学聚会学伦家

学友聚洪山，绿水湖边。卅年秋后始团圆。挚友刘君真好客，醉饮皆欢。

窗共五年寒，感慨千般。同窗四海各扬鞭。雨润风和迎硕果，奉献人间。

注：1993年秋，大学同学毕业三十年聚会在母校，亲切无比。部分同学意犹未尽，后又相聚在湖北省人大秘书长刘学伦同学家，感赋。

虞美人·再游东湖

昔时年少精神好，击水东湖笑。有缘今日沐清风，又赏荷花漾漾绿波中。

乘风求索飞舟快，屈子真情在。彩灯楼耸水云间，待看湖光秀美冠江南。

注：1958年夏大学期间曾在湖北武汉的东湖游过泳。时隔三十五年，有幸再到东湖一游。

七律·喜登黄鹤楼

登楼眺望江城景，

锦绣山河两眼收。

江跨铁桥南北汇，

龙腾玉笛往来悠。

高楼耸立龟山下，

灯彩辉煌鹦鹉洲。

万里云霄银燕织，

长江碧浪荡千舟。

注：1993年9月写于武汉。

隆中有感

襄阳一隅是隆中，

郁郁葱葱藏卧龙。

三顾茅庐明主意，

一心两表示臣忠。

花季不知星斗移

花季不知星斗移，

霜天又觉日偏西。

用心操守时终晚，

岂怨长髯变白丝。

喜喜欢欢到人间

年年岁岁过新年，

家家户户话团圆。

热热闹闹灯千盏，

喜喜欢欢到人间。

注：1994年2月写于慈利。

观海浪

出海浪头拍远天，

千钧力耗在瞬间。

涛声唤醒闲游客，

何日造福跨平川？

七律·黄昏曲

悟到当初梦里香，

流光催醒少年狂。

翻云未解人间苦，

唤雨难添旷世芳。

转眼忽知燃烛短，

摇头深感愧民长。

嗟余犹唱黄昏曲，

滴水人生润未忘。

七律·六十感言

风雨春秋六十年，

糊涂爬滚食人烟。

曾期医术除民苦，

道是征途步履难。

岁月沧桑留忆想，

人间和善赐平安。

长惭老朽无功德，

愫愿寒楼谷酒甘。

七律·暮年觅友到书斋

老马识途归故里，

暮年觅友到书斋。

门庭冷落生清净，

轩舍孤寒筑画台。

水秀山明收眼底，

鸟鸣花艳喜怀开。

淡泊名利舒心客，

雅兴豪情笔下来。

同老伴回故乡

你的故乡，

如同我的故乡。

去拜见朋友、乡亲，

我们一同走在你回乡的路上。

驶过百里香樟路，

共赏万亩荷花塘。

洞庭大桥风景美，

岳阳楼旁就是你生长的天堂。

青年有志驰骋在四方，

退休之后思故乡。

去寻找你童年的足迹，

去追忆你儿时的梦想……

悼小平翁

生平年少逢苍茫，犹酬壮志跨大洋。

横刀跃马英雄胆，烽火燃烧染四方。

雄关漫道上井冈，红旗漫卷战疆场。

杀得日寇丧胆寒，雄军威震过大江。

无怨征途多磨难，几度辛酸仍坦荡。

赤诚报国豪气在，指点江山迎难上。

改革开放宏图展，万民喜乐国威扬。

惊悉老翁今长辞，神州泪涌长江浪。

注：1997 年于岳阳。

沁园春 · 抗洪

一曲高歌，响彻云霄，撼地动天。见连连暴雨，茫茫水患，吞淹田地，冲毁家园。过眼洪波，惊涛拍岸，势欲掀翻千里帆。长江险，北国江水滥，犯我民安。

中坚首长亲临，一声令，军民总动员。看将军百位，兵民百万。餐风沐雨，保卫家园。众志成城，狂澜力挽，贵有牺牲迎浪尖。豪言断：有中华人在，定可赢天。

注：1998年夏，长江流域、松花江流域连降暴雨，洪水成灾，百年难遇。中央领导亲临一线，指挥抢险救灾，解放军官兵近三十万人与当地群众日夜奋战在抗洪前线，感人至深。故填《沁园春·抗洪》一首。

赏月

八月中秋悬玉盘，

合家赏月意非凡。

可怜游子思乡念，

泪眼难寐望月圆。

笑迎豆豆降潇湘

初秋八月桂花香，

争艳芙蓉窗含芳。

老少全家无比乐，

笑迎豆豆降潇湘。

注：1999年8月21日于岳阳。

再观洞庭秋

秋日早晨我再把洞庭湖眺望，

湖边升起一轮红彤彤的朝阳。

渔舟在远远的湖面上忙碌，

起舞的鸥鹭在快乐地吟唱。

深秋的湖水碧绿明亮，

飞絮的芦苇似在摇头失望。

紧缩的湿地叹脚底一片干涸，

而我的心里也有几分悲凉。

注：1999年秋于岳阳。

七律·海啸怨

地海妖魔卷巨澜，

乌云密布掩蓝天。

啸声阵阵涛千尺，

惨象凄凄毁万园。

海啸无情翻恶浪，

人间有爱送甘泉。

五洲群起同声讨，

肆虐灾难祸散安。

七律·晨登金鹗山

不为求神不拜仙，

清晨金鹗任登攀。

坪台习练长刀舞，

幽径研操太极拳。

竹苑吸呼空气净，

林间功发运丹田。

望湖山顶凝眸处，

车似腾龙笑远帆。

注：2000年春于岳阳。

拾垃圾的大嫂

不偷不占不用贪，

有手有脚有勤俭。

城市清洁出点力，

破烂垃圾常为伴。

不顾人前脏和累，

哪管有人白眼看。

于人于己多利在，

不惊不怕不失眠。

庆新年

火树银花笑语绵，

男男女女舞翩翩。

烟花美酒新年乐，

家国欢歌望月圆。

注：2001年春节于北京房山区碧溪。

向民警致敬

狂风暴雨中有你的身影，

赤日炎炎你显得更英俊。

群众危难时你随叫随到，

为了人民生存你不顾自己的命。

孩子面前你是不称职的爸，

年迈的父母对你有怨声。

贤淑的妻子深深理解你，

老百姓从内心向你致敬。

文明歌

人人相互要尊敬，

尊老爱幼讲良心。

说话态度要和气，

交往千万守诚信。

团结友爱力量大，

遵纪守法要记清。

和谐社会添砖瓦，

华夏文明四季春。

注：常在马路旁、市场上见到很多不文明行为，有
感赋诗一首。

写给小城清洁工人

夜深、很静、很冷，

寒风飒飒，细雨纷纷。

路灯微照，烟雨蒙蒙的大街上，

仿佛莲荷晃动的身影。

你们挥动着竹扫帚，

打破了夜幕的宁静。

拖着装满垃圾的两轮车，

驱逐走一身的冷。

保护城市的秀美，人人有份，

大街小巷的清洁，牵挂你们的心。

送走了垃圾和一个个寒冷的夜，

迎来的是红日初照的早晨。

单身谣

一个单身汉，芳龄四十三。

父母已作古，真是好孤单。

洗衣靠自己，家中懒做饭。

屋中冷清清，外出无人伴。

虽然住套房，啥事都得管。

下班回到家，电视伴夜晚。

要是得急病，只有喊皇天。

月薪三千多，也没存到钱。

有钱进酒楼，工资超前完。

泡面度苦日，借钱无脸面。

工作没精神，同事常闲言。

只顾潇洒多，不愿受人管。

又因傲气重，难找另一半。

劝君慎思索，单身多困难。

寻找心上人，花好月也圆。

恩爱天伦乐，相依度百年。

雷闪

黑压压的夜幕下，

你不时地放出道道闪光。

在乌云缭绕的天空，

你发出震天撼地的雷响。

昭示天下——你有无穷力量。

你热爱大地，钟情人民，

将带着春风夏雨前往。

赶走的是干旱，奉献雨水阴凉。

你向邪恶敲响警钟，

向阴暗放射似箭的目光。

喜迎新千年春节

紫禁城里瑞雪飘，

迎新千年春节到。

室内蜡梅扑鼻香，

门外喜鹊枝头叫。

好儿敬酒忙得欢，

贤媳奉菜多热闹。

同饮和睦团圆酒，

共祝盛世福寿高。

注：在北京定慧寺家中，喜迎2001年春节，吃团
年饭后特赋诗一首。

166

看北京电视塔

塔高千丈显巍峨，

银灯万盏惊嫦娥。

个个皆为千里眼，

人人都是顺风耳。

玉帝通晓天下事，

平民共享五洲歌。

科学原本人民创，

智慧带来万家乐。

游颐和园

寒冬驱车颐和园，

龙王古柏风中颤。

十七孔桥觅回首，

昆明湖底淌血汗。

石舫有怨不摆渡，

民众骨堆万寿山。

耗尽国防银万两，

建造皇家享乐园。

长廊万丈终有头，

壁画千秋照地天。

好在乾坤人民定，

今日游园总是缘。

七律·庆祝中共八十华诞

风雨兼程八十年，

捐躯浴血倒三山。

劈波斩浪开馨宇，

赤胆豪情创舜天。

华夏启航凭舵手，

南湖星火照航船。

今朝圆梦中兴日，

高举红旗志更坚。

注：2001年7月1日于北京。

洋洋闯九州

辛巳九月正金秋，

笑语欢声庆丰收。

亚太首脑杯频举，

洋洋得意闯九州。

注：2001年10月于北京。

海淀春

海淀坐落百花丛，

风裹郁香春意浓。

车群犹如蜂采蜜，

穿梭万紫千红中。

三喜临门寄语

辛巳岁始新千年，

春风送暖艳阳天。

今岁龙门三重喜，

增薪提职添儿男。

儿系公仆任重远，

俯首尽职宜勤廉。

邻里和睦重礼义，

虔诚谨慎尤为先。

刺

龙儿误食刺一根，

犹如乱箭扎余心。

急车驶去大医院，

折腾半晌散愁云。

卧佛

不询卧佛价千金，

只仰先贤有善心。

华夏今圆强国梦，

焉能卧佛不通情。

满江红·故宫

　　几代皇城，城犹在，帝王远逝。环眼望，玉栏雕宇，俨然如昔。朱阁门前良友聚，琼楼殿内空闲寂。喜今朝，黄夜彩灯明，人如织。

　　思往事，心潮急。怀故土，情忧悒。但观辱国耻，丧权奇契。日寇刀横冤骨诉，八国匪盗狼心劫。劝今人，唯有展宏图，强国力。

蝶恋花·庆神舟六号发射成功

雪尽云残风渐小，客旅苍穹，寒月繁星笑。华夏飞天天又晓，天涯处处皆称道。

六号神舟多窈窕，二位英雄，船里容颜俏。天地情深歌最好，举杯同庆新捷报。

七律·勉江龙

异国他乡上学堂，

求知勤奋理应当。

寒窗室陋诚交友，

生地囊空重健康。

淡念亲人心里阔，

难忘琐事俺来扛。

学成报国团圆日，

笑看洋洋梦正香。

注：2002年6月，次子江龙获得英国文化委员会提
供的志奋领奖学金赴英国留学，赋诗。

七律·元旦收儿来信

窗外银装树上冰，

伴孙爷奶赏京城。

枝头喜鹊喳喳闹，

灯下龙儿念念情。

万里飞鸿来曼市，

千言慰语暖人心。

真情字里千钧重，

共祈平安国福宁。

注：2003年元旦收到儿子从英国曼彻斯特大学寄来
的贺信，很是兴奋，特赋七律一首。

喜收毛光明同学信（仄韵）

同窗五载长江畔，

情似江流难割断。

愚友奔波澧水旁，

光明驰骋荆江岸。

十年岁月误金书，

六旬光阴勤玉案。

学友诚祈福寿来，

斜阳永照长耄健。

乌金颂

心甘情愿沉睡地下亿万年，

土埋石压默默无闻也无怨。

不知何年何月为人识，

轰轰烈烈粉身碎骨出深渊。

岂能辜负人类献出血和汗，

竭尽全力为千家万户送温暖。

世界现代化建设义不容辞，

赴汤蹈火奉献光明在人间。

渔家傲·喜江鸿到解放军总医院进修

万里秋来洪福至，中年学习谈何易，老小家中犹念起。人难寐，无涯学海从医始。

解总庭深鸾凤聚，苦寒浊酒思长计。慧眼大开刀磨砺，勤面壁，济人解难情更急。

注：2003年11月，长子江鸿有幸在解放军总医院骨科进修，特填词一首。

长城

北国、天蓝云白、秋高气爽，

啊，我登上了长城，

终于实现了多年的梦想。

长城，多么雄伟啊，

跨崇山峻岭，屹立在东方，

蜿蜒起伏，莽莽苍苍万里长。

想当年，筑长城，

凝结了中国人民的决心和力量，

又使多少人妻离子散，背井离乡。

长城啊，你穿越时空两千余年，

历经了华夏大地的雪雨风霜。

虽然满目疮痍，依旧胸怀坦荡。

今天，防御功能虽已丧失，

但你是中国人民的脊梁，

镌刻着中华文明的沧桑与光芒。

祖辈付出的牺牲永远不会忘记，

岁月虽在流逝，灯火依旧辉煌。

振兴中华的征途上，你正闪闪发光。

锅炉工张老三

我们见面他总是甜甜地笑，

每次早班他总是跑在黎明前。

他将炉火熊熊燃烧，

紫铜色的脸上红光闪。

深蓝色的工作服虽有点旧，

有力的双手紧握着煤铲。

即使在赤日炎炎的盛夏，

仍汗流浃背忙碌在锅炉边。

一副铁打的模样，

显得英俊又强悍。

谁都知道，也不会忘记，

他心中时时的牵挂——

同志们的健康，人们的冷暖。

胸襟如海

宽广的草原最宜万马驰骋，

辽阔的蓝天任朵朵白云飞奔。

碧蓝而浩瀚的大海，

那就是我们现代人应有的胸襟。

奔腾的江水常绕着大山流，

上山人总是低头弯腰来攀登。

会舍弃的人会换来和谐与尊敬，

虚怀包容精神有利家国长兴。

一个幽静而古老的山村

被白云拥抱的高山上，

满目葱绿，清风送爽。

不是阵阵犬吠，几缕炊烟，

谁还知居住着一个幽静的村庄。

朝阳总是最先把山村照亮，

晨霞常给山村披上丽裳。

守时的公鸡把人们从梦中唤醒，

百鸟的歌唱，唱出山村的兴旺。

在山间小路旁，

爷爷们总是哼着小调，

放牧着自家的牛羊。

门前的老奶奶、手捧玉米杂粮，

"叽叽""咯咯"的叫唱，

唤来鸡鸭跳呀、蹦呀，

快乐地围绕在她的身旁。

活泼的孩子们在课余时，

常进入电脑里的又一个课堂，

屋顶上的太阳能热水器，

把热水送到家中的澡堂、厨房。

幽静而凉爽的绿荫下，

青年男女正细语温馨规划着

幸福的未来，美丽的梦想，

……

每逢寒冬腊月，

人们常围坐在炉火旁。

老人们常讲起刀耕火种的往事，

还有那击鼓锄草的热闹景象。

更使人念念不忘的

是党的退耕还林政策，

才有了今天这绿树参天的万亩林场，

也才有了这美丽山村新的希望。

钓鱼拾碎（可作三棒鼓词）

钓鱼是娱乐，

钓鱼可休闲。

古今中外，

男女老少都喜欢。

钓鱼小河边，

也上大湖畔。

水库池塘养鱼多，

常常为首选。

姜公钓鱼用直钩，

钓来文王好求贤。

今人弯钩来钓鱼，

也有新内涵……

走到鱼塘边，

也算真开眼。

钓者有男也有女，

说说笑笑声不断。

钓者身边有水果，

有茶也有烟。

酒肉饭菜早备好，

等到中午就开餐。

酒醉饭饱再耍竿，

天南地北夸夸谈。

鱼少再用拖网拖一点，

反正有人来买单。

当代钓鱼人要深思，

钓时谨防钓竿断。

是否也有人被人钓？

别忘"世上没有免费餐"。

玻璃缸里金鱼

玻璃缸里金鱼，

大大的头，

鼓鼓的眼。

挺着大肚皮，

摇头摆尾，

好叫人喜欢。

有位赏客，

眼睛鼓鼓，

肚皮圆圆。

胖胖的脑袋，

酒气熏天。

金鱼似说：

"怎学我，危险！"

元旦

又是新年头一天，

东升旭日慰民安。

匆匆岁月催人老，

但喜儿孙步步坚。

注：2003 年元旦于北京定慧寺。

北京世界公园游

世界公园一日游，

欣观名胜在神州。

高桥铁塔工人汗，

遐迩文明各千秋。

北京王府井

高楼拔地揽流云，

广告缤纷感地灵。

百货琳琅真艳美，

五洲朋友聚欢心。

游北京植物园

花妍树翠草青青，

鸟语蝉鸣传好音。

戏水观鱼抛琐事，

清风惬意爽精神。

黄叶村怀曹雪芹

沥血呕心书未成，

红楼断梦感人深。

清贫度日尽残烛，

黄叶村中慰故人。

樱花

三月樱花朵朵妍，

犹如仙女下尘凡。

弄娇炽热长枝舞，

脉脉含情美且甜。

茶花

未了严冬飞雪花，

熬寒花蕾满枝丫。

报春梅子芳菲尽，

正赏茶花露物华。

晨练

京城旭日裹朝霞，

定慧寺东是我家。

眉月寒空相伴走，

舞刀弄剑度年华。

酒徒驾车

得意忘形是酒徒，

驾驶台上显身手。

横冲直撞杨五六，

车毁人亡眨眼后。

注：杨五六是湖南慈利当地方言，系指那些忘乎所
以的人。

回岳阳

京城雪舞北风吹，

元旦霞晖送我回。

滚滚车轮牵思念，

洞庭朝雨喜咱归。

注：写于2004年元旦。

七律·回乡

游子回乡两鬓霜,

村头不见少时庄。

耕耘地里牛没见,

放眼田中马达忙。

棉种点播遮膜下,

蔬菜长满大棚香。

宽平马路门前过,

电话新楼响四方。

注:2004年2月春节期间,回老家湖南澧县澧淡乡
三合村。

七律·和谐社会好

古往今来爱琢磨，

和谐社会乐心窝。

领蓝领白皆同志，

肤黑肤黄共拥和。

笑脸鲜花留倩影，

骄阳汗雨育新禾。

神州彩笔齐心绘，

遍是英雄动地歌。

注：2004年于岳阳。

再游武陵源

腾云在雾山，

荡漾碧波间。

休憩武陵处，

神仙难比攀。

今日武陵源

桃树越冬枝萧条，

春来花艳满枝娇。

陶令梦景觅何处，

还看武陵千树桃。

张家界国家森林公园赞

山上山下全为景，

峰头峰尾尽是林。

日出日没皆如画，

花开花落总含情。

十里画廊赞

画廊十里不为夸，

幽谷奇峰崖上花。

紫气清风松竹醉，

蝉鸣鸟唱戏猿家。

黄龙洞

山高肚大藏奇观，

神韵天姿尽其间。

荡桨攀登惊过客，

林葩石笋五洲冠。

江垭温泉

青山两岸抱蓝天，

一道长河捧碧泉。

泉水哪知冰冻在，

只知浣女不思还。

索溪水

两三游客溪边行，

俯首清溪笑脸盈。

难怪游人夸不绝，

甜甜溪水沁人心。

赶山鞭①

秦王曾操赶山鞭，

万丈雄姿刺浩天。

雨洗风刮神威在，

金光四射照尘寰。

注：①赶山鞭为张家界一山景，金鞭溪便以此山取
　　名。后人又加以神化。

归雁寄思

大雁高飞排一行，

遥程不惧好回乡。

请捎游子思乡恋，

圆梦良辰孝老娘。

注：在北京常遇见一些年轻的老乡，他们在不同的
岗位上打拼，很辛苦。那种思乡情、孝敬心，
难以言表，真有托雁寄思之感。

飞机上

京沪航线旅蓝天，

地动山移在瞬间。

无际前方金色道，

观云胜览雪峰山。

游浦东

楼高百丈皆新房，

闪亮明珠耀四方。

放眼金秋新上海，

悠悠情思寄长江。

福寿长驻

——贺亲家暴智明先生六十华诞

智睿一世恃奋勤，

明理万机靠丹诚。

花锦归路余香在，

甲盔卸解忠义存。

福如东海碧水阔，

寿比南山秀岭青。

长思百姓冷暖事，

驻守千家夜夜灯。

注：亲家暴智明为岳阳市电力公司高级工程师。写
于2004年秋。

哀祭母亲

落花总要坠芳尘，

无怨西风催日倾。

春雨常滋花木翠，

东山树茂慰英灵。

注：2004年秋，在母亲逝世六十周年之际特赋诗一
　　首，以示哀祭。

七律·话乌镇

华夏文明底蕴深，

百年乌镇古房馨。

雕床画凤千工作，

织布描花两手神。

流水小舟前屋过，

知名文斗后庭生。

餐庄酒醉千家客，

茶馆香飘四海宾。

注：2004 年秋，与英国友人韦尔农（Vernon Spicer）
一道，游乌镇并参观茅盾先生故居。

雷峰塔下有真情

灵施雨伞载情深，

偏恋凡尘不爱神。

娘子情痴憧憬美，

许仙意悦感知真。

人间唯愿长相伴，

天宇横刀连理藤。

一曲难忘伤恼事，

长留塔下古传今。

注：2004年8月游杭州西湖，观雷峰塔内木雕神话
故事，有感而作。

虎丘孙武亭观后

孙武法如山，

宠妃视戏玩。

操练剑池畔，

斩妃吴王前。

兵法十三篇，

传世千万年。

赫赫建功业，

巍巍霸主鞭。

憨憨泉

憨憨来自宝华山，

孤苦伶仃方十三。

双亲去世当和尚，

两眼没光度日难。

担水无怨感神灵，

探山有缘赐清泉。

泉水晶莹洗眼亮，

后世赞称憨憨泉。

真娘墓前吟

真娘纯真实可敬，

王生情挚也算诚。

一个洁身走绝路，

一个立誓祭亡魂。

又见吕洞宾

昔日洞庭曾谒见，

今朝剑池又谋面。

隐居修道无人问，

惩恶亲民应仰瞻。

注：2004年8月26日于虎丘。

游拙政园有感

自知拙政不当官，

建造园林享逸闲。

亭榭楼台风景好，

乾坤难佑梦儿圆。

苏州庭园赏景

门内垂杨舞，

窗含嫩萼妍。

墙携松竹翠，

园外塔相蟠。

太湖游

八月金秋爽朗天，

登山望水自悠然。

波光倩影织新梦，

如玉银桥恋翠山。

南京总统府

南京总统府依然，

客往人来已换颜。

不念楼台悲泣史，

疏枝依旧盼春天。

注：2004年8月于南京。

谒中山陵

中山陵展气恢宏，

难得金陵一警钟。

常记国难钟告警，

炎黄儿女不忘公。

七律·登阅江楼

楼记三翻数百年，

四朝建阁愿方圆。

今天盛世民为主，

昔日先王帝可惭。

一座春城添锦绣，

千年古镇颂英贤。

登楼喜眺金陵美，

乐道江南志气篇。

水调歌头·胡雪岩故居有感

成败兴衰事，妄语问苍穹：古今商贾多少，能有几豪雄？头上官居二品，身着黄袍马褂，满面是春风。诚信比金贵，仁义寓香浓。

天时变，风水转，岁峥嵘。怅望西窗乱雨，梦醒恍然中。一日倾舟商海，千古疑云谁解？岁月识春冬。滚滚长江水，依旧舞蛟龙。

夜游秦淮

彩灯亮丽月无光，

秦酒淮肴细品尝。

一曲《竹枝》歌盛世，

文明礼义正弘扬。

七律·团聚慈利过年

武雷秀色映东帘，

澧水长歌万户欢。

白雪纷飞降瑞气，

高堂笑语话团圆。

一家老幼十余位，

两载陈新八九天。

恭送猴年硕果累，

喜迎鸡岁福桑田。

注：2005年春节，全家团聚在慈利龙鸿新屋，喜迎

新年，其乐融融，特赋此诗以抒怀。

挥笔如戈

——和亲家陈春生先生

八十春秋情浩铄，

沧桑不老剑锋磨。

老骥犹酬志千里，

挥笔如戈斩逆鼋。

附：陈春生先生原诗·八十寿辰书怀

八十年华逐逝波，

雄图未展剑空磨。

老骥伏枥志千里，

梦入东洋折逆鼋。

福如东海，寿比南山

春雨春风春意浓，

生仁生义福生宏。

八方坎坷征程远，

十里风云志不穷。

东走西奔军旅壮，

海宽地阔搏拼中。

南歌低咏豪情在，

山拥斜阳一道虹。

注：以此诗祝亲家陈春生先生八十大寿。亲家乃黄
    埔毕业生，抗日老兵。

以心换心

一个技艺熟练的琴手，

如果没有奔放的激情，

绝不可能弹奏出美妙的琴音。

热恋中的小伙子知道，

如果没有执着的爱，

怎能获得姑娘的芳心。

一个聪明的人，

会用虚心、敬重和热忱，

去换取别人的温馨。

只有愚蠢者，

才会粗言恶语去求人，

和别人交往时冷冰冰。

滴水可穿石，热血可融冰，

不要把朋友、同志当敌人。

横眉鼓眼难得一片真心。

社会和谐，就得多一些优美的弦音，

只能是，也只有靠，

将心比心，以心换心。

注：看到社会上一些不和谐、让人不愉快的事，使
我难忘、让我深思，故写了此小诗。2005年3月
于岳阳。

木芙蓉赞

荷花凋谢入泥床，

正是芙蓉竞苑芳。

暑热狂风磨砺后，

贵依娇艳绽秋霜。

大槐树

八丈身高顶艳阳，

叶如瓜子卉铃铛。

香飘五月三山外，

客歇千家六月凉。

秋菊赞

生不逢时酷暑长，

秋来伏地斗风霜。

千姿竞艳非虚度，

笑向人间播馥香。

丁香花

生就无娇相，

报春岂有妨？

花开满树日，

送客一园香。

何日君心思友安

夜半归魂梦正圆，

欢歌邻里乐声喧。

同楼左右如兄弟，

何日君心思友安？

注：2005年于岳阳。

七律·七十感怀

常感一生根底浅，

人前总觉影形低。

病中几到阎王殿，

朱笔没勾老寿期。

力薄言轻何所憾，

智愚囊涩不为奇。

此生虽愧栽花少，

知足桐林有凤栖。

中山公园柏怀胎

成林翠柏故人栽，

宾客纳凉喜乐怀。

最是和谐愉悦处，

成材槐树柏怀胎。

注：2005年春游北京中山公园所得。

竹韵

排石耕耘犹有节，

顶天立地总虚心。

刚强引得秋风咏，

高雅清廉百鸟倾。

竹枝词·喜我中华强起来

大地常观花盛开。

歌声静听爽心怀，

山川惟望春常在，

喜我中华强起来。

注：漫步在上海世纪大道所感。

女儿工作调动而勉之

雨暴风狂知劲草，

涛汹浪涌识坚帆。

清风两袖别师友，

一片丹心再续鞭。

踏莎行·庆抗日胜利60周年

怒火燃烧，忧思不断，疯狂日寇真凶险。狂轰滥炸绝人寰，烧杀掳掠硝烟漫。

保卫山河，追杀贼蛋，横刀跃马英雄汉。游击地道战豺狼，杀得鬼子惊魂乱。

七律·抗日英雄赞

——谨以此诗献给杨靖宇等抗日英雄们

大地隆隆炮火煎，

高天滚滚漫硝烟。

贼心倭寇施狼毒，

热血英雄斗敌坚。

棉絮草根填饿肚，

刀枪山洞伴君眠。

八年苦战惊寰宇，

一片丹心壮九天。

铁证如山

——日寇在我村1943年的罪行一滴

日寇凶残毁家园，

浓烟火光冲云天。

八栋房屋化灰烬，

半村老小无家还。

耕田农民遭杀害，

维生财物被抢完。

谁抹历史说瞎话，

我村铁证实如山。

怎奈空中拂面沙

春日北京好物华，

去来人面似桃花。

岂容柳絮迎君舞，

怎奈空中拂面沙。

注：2005年4月于北京定慧寺东里。

西江月·农税免征好

今岁春雷贯耳，农民喜上眉梢。中央政策出高招，农税免征真好。

乐意桑麻为伴，欢歌田野操劳。千年重负喜今抛，放手绘描新貌。

注：2006年1月1日，中央全面取消农业税，在中国大地已征收两千余年的农赋，在今天结束了。全国人民高兴，农民更喜，作为农民的儿子，深深地为新中国自豪，为伟大的中国共产党骄傲。

画堂春·病中吟

风吹帘卷见斜阳，残冬抱病忧伤。家人焦急更匆忙，费尽思量。

好媳护侍心细，鸿儿左右身旁。浓情亲友慰花香，谊暖衷肠。

注：2006年元月因胆囊炎住岳阳市第一人民医院。其间得到家人和亲友的关切和慰问，感受至深。

今昔民谣两首

今日谣

天上星多月也明，

地上坑多可填平。

千年农赋今全免，

喜乐乡里种田人。

旧时谣

天上有云月不明，

地上有坑路不平。

且看锦衣酒肉者，

谁是栽田种棉人？

为子孙

扶杖千里行匆匆,

哪管刺肤腊月风。

重担压肩心里热,

辛勤浇灌为花红。

长相思·卢桂静老弟从美国归来

岁如流，月如钩，明月勾魂洞庭楼，望楼缕缕愁。

日忧忧，月忧忧，长念亲娘跨大洲，春晖情永留。

农民的梦

面朝深情的黄土，

背负蔚蓝的天。

赤着脚，汗洗面，

一日又一日，一年又一年。

从放下书包的那天起，

已是皱纹爬满额头，

两鬓秋霜染。

曾有过梦想，

更有过期盼。

望年年风调雨顺。

田野一片绿，

转眼金黄一片。

不用面向黄土背朝天。

谷满仓，人有闲。

没想到，就在今天，

我们农民梦已圆。

坐在驾驶台上，手握方向盘。

割麦收稻，

在这美丽的田野，

马达唱起歌，听我使唤。

七律·长征颂

国难民苦惨凄声，

血性男儿怒火焚。

四渡英雄悬义胆，

三更赤水破敌阵。

草原夜路夷艰险，

雪域丹心化冻冰。

英烈遍播星火种，

朝阳曲径迈新程。

注：2006年10月，为纪念红军长征七十周年而作。

五律·首游圆明园有感

乱世长年怒,

今观意更寒。

古园成断垒,

旧殿见残垣。

斑竹千枝泪,

莲荷百叶干。

目极疮痍处,

怎不觉心酸!

苏幕遮·游圆明园而感叹

冷风吹，山水异。霾雾连天，天上人间泪。断壁残垣墟满地。当日王臣，可是昏庸类？

虎狼嚣，贼盗汇。抢掠偷烧，噩梦揪心碎。且看作家言可贵。问我中华，何以扬眉对！

注：作家乃指雨果，他的书信谩骂过那些盗贼。

太阳的光辉

夕阳总是那样红艳精明，

它要领略今日的气息，

还要顾及明天的光阴。

都说新上任的领导，

总有那么干一番事业的劲。

数百人的市直单位，

大大小小的建设项目，

一项接着一项没得停。

半新的楼房迎来拆掉的命运，

朝气蓬勃的绿荫发出哀叹声。

朝霞依旧是那么美丽迷人，

朝阳充满火一样的激情。

迫在眉睫的事是需要急办的，

这也需要领导的尽职和热情。

当事者须清醒，旁观者最聪明。

究竟哪些工程是出于事业心，

又是哪些属于形象工程？

是否还伴随着某些个人，

肚子和腰板的发胀发硬？

从不虚伪的太阳眼睛最明。

农民工的心声

记着老妈的叮咛，

背起简单的行囊。

来到了繁华的大都市，

远离了千里之遥的家乡。

妻子的呵护，小女的呼叫，

仿佛就在身旁。

凭着一双勤劳的手，

心怀一个简单不过的梦想：

一年挣它个两万元钱，

让老妈、家人过上好日子，

好让女儿安心上学校，

等两年，在家乡盖个小楼房。

盛夏，头顶烈日烤，

严冬，寒风吹得手脚僵；

白天，八小时的劳动我们不怕累，

夜晚，临时工棚里依旧睡得香。

现代化的桥梁由我们浇灌，

高高铁架上，我们追赶过太阳。

飞机从我们铺的大道上，

穿云破雾，飞往四面八方。

花园般的城市浸透我们的汗水，

巍峨的高楼象征我们的力量。

党和政府的关心是最大的安慰，

祖国繁荣昌盛是我们衷心的期望。

西江月·毅新支边

遵令轻装出塞，支边重任荣身。勤耕苦砺步轻盈，酷暑秋霜更奋。

不倦老翁言勉，有情小弟躬亲。迢迢万里慰艰辛，放眼前程如锦。

注：2006年春，得知毅新被派去新疆吐鲁番支边，即予支持与鼓励。后小弟又前去探望，故又填《西江月》一首勉之。

阮郎归·庆青藏铁路丙戌七一通车

朝阳偷眼白云窥，千年梦里追。雪山无语紧相随，暖风今日吹。

羊首翘，马头回，藏胞歌舞飞。龙腾山野显神威，德辉青史垂。

水调歌头·中秋回澧县老家

天上隐明月，喜雨降丰年。老人细问长短，童友道平安。不怨归程羁旅，有缘中秋团聚，千里意相连。谈笑在楼宇，把酒祭先贤。

仰新屋，饮美酒，合家欢。莫言有憾，云散无雨月常圆。地有瓜茄酬赠，湖里菱莲尽兴，政策暖人间。最喜国昌盛，永葆艳阳天。

注：丙戌中秋（2006年），我与老伴同儿子江鸿、江龙等与澧县家中奶奶及弟妹共十余人相聚，只有女儿毅新支边在新疆，侄女玉华工作在海南未回。见家乡的变化及家中新屋新生活，颇有感慨。

七律·万福温泉

昔日山坡草不生，

当今楼阁彩灯明。

汽车高速山腰驶，

碧水温泉岭上腾。

冲浪泳游消客虑，

热蒸嬉戏养君神。

欲知仙境觅何处，

万福温泉才是真。

注：2006年秋于湖南慈利县。

感皇恩·江城访友

拨雾到华中，江城疏了。鹤发同窗可安好？多年神往，方览洪山春晓。喜邀良友聚，东湖俏。

才卸战车，病伤又扰。难念征帆夺分秒，今宵新雨，莫道园中花少。幸东风满径，依然笑。

注：2007年3月到武汉拜访老同学，有的尚未退休，有的刚退下来，并得知学伧、善俊、文桃、焕启等有病缠身，感慨良多，故填此词。

七律·老友文桃

山沟寒舍飞凤凰，

江城同济度寒窗。

门庭和善人称赞，

伴侣相依恩爱长。

溢彩流光心坦荡，

峥嵘岁月勇担当。

人生道上老牛好，

最美霞晖亮夕阳。

注：邓文桃，大学同学，湖北省直机关门诊部主
任，祖籍湖南石门县，与我老家澧县相邻。
2007年3月于武汉相见甚欢。

七律·学海劲鹰喻驰龙

秋日平江暖似春，

喻君戎马跨疆征。

相逢白首翻前事，

背井丹心谱汗青。

卸甲行舟惊水浅，

拜师磨剑苦功深。

敢同日月争分秒，

学海终倾一劲鹰。

注：喻驰龙是我大学同学，现为胸外科专家。他曾参加过志愿军，回国后因自觉学识太浅，要求学习。三个月学习了全部高中课本，终于考上了大学。苦读精神，可想而知，值得钦佩。

离亭燕·岳阳张谷英村行

湘楚水山如画，游客四方惊讶。虎踞龙盘风水地，聚族和居天下。玉带绕金龙，狮象虎鸢①高驾。

轻雾抱拥山峡，神笔颂歌明厦。六百年华留胜景，万载田园诗话。俯首问陶公，怎识桃源真价？

注：①狮象虎鸢为张谷英村四周之高山名。2007年8月12日于岳阳。

茶话

以茶代酒，

我高兴。

醇醇的香，

浓浓的情。

君子之交，

水样清。

口口沁肺腑，

滴滴见真诚。

浪淘沙·上君山

秋日上君山，烟水连天。豪情放眼绿林间。怜悯湘妃悲洒泪，长染筠斑。

龙女报恩专，柳毅情缘。飞钟鸣响洞庭安。乐见吕仙今欲醉，美唱人欢。

注：2007年9月于岳阳。

为啥？

北国的白雪，

洒满了我的黑发，

辽阔的原野，

拨动心底一片晚霞。

滚滚的石油，

沸腾的钢花；

如潮涌的车流，

顶天立地的大铁架⋯⋯

祖国母亲，

你忙碌的身躯，

究竟是为啥？

母亲，你无须回答。

在振兴中华的岁月，

你的孩子们不呆不傻。

期 待

市场上，人如流，

一片繁忙景象。

我仔细地搜索着衣袋，

怎么已是空空荡荡？

不到十分钟呀！

我只买过一斤生姜。

我惊讶，我呆望。

高楼依旧，人来人往……

我带的数百元钱呢？

难道是我放错了地方。

肯定不会，尚不致如此健忘，

难道是钞票长了翅膀？

这当然更是荒唐。

我敢断定，一定是有人拿走了。

千怪万怪只怪自己警惕性不强。

唉，也许他比我更需要钱花，

怎么又不和我商量？

我惆怅，我期待，

我期待下月的养老金早日发放。

我更期待这样的事，

不发生，不发生在他人身上。

搏

唤醒你青春的烈焰，

不要被岁月的急流熄灭。

修整好你的翅膀，

不要为乌云压头而彷徨。

让清凉的甘醇，

填平良知的深坑。

让同伴好友的热泪，

抚慰那黄泥路上的伤痕。

观大海，依旧宽阔潮涌；

看高山，俊美幽静。

前程，魅力无穷；

憧憬，依旧壮美。

迎酷暑，搏冰霜；

志如铁，气如钢。

勇者蓝天阔，智者任翱翔！

注：写给那些征程中有坎坷的人们，特别是那些落
第的年轻人。

再步亲家"回岳阳话别"韵

庸医技短济人难，

岂敢筲箕比浩天。

高节范公千载颂，

情怀忧乐万人传。

附：亲家陈春生先生原诗

杜老回岳阳话别

大医医国济世艰，

杜老高风众口传。

寄语岳阳楼上客，

忧乐范公也汗颜。

满庭芳·企业雄鹰

企业精英，国家骄子，本是名打工人。浪尖风口，全赖板车情。人奋心诚处处，长拼搏，力驾祥云。春风暖，万山红染，身价重千金。

精明，心地美，情真义重，铁血丹心。望神州兄弟，财富归民。且识大千世界，蓝天阔，任展雄鹰。中华好，慈悲仁爱，善径满追星。

注：得知曹德旺先生将百亿资金捐献给慈善公益事业，满满的正能量，甚为感人。

七律·与友闲话

人生苦短贵珍荣，

最赏周邻苦乐同。

脚踏平川勤俯首，

面当丛岭懒鞠躬。

敢于斥责贪奢者，

岂肯褒扬懦昧翁。

疏财重义贫亦乐，

虎威不惧也英雄。

五律·盘根草

我爱盘根草，

荒坪旷野生。

盘根交错长，

荣辱曲弯伸。

脚踩茎毋死，

火烧根尚存。

霜催尖叶萎，

春到又还青。

五律·话暮年

暮年多好静，

遇事少操心。

无客诗词乐，

逢缘翰墨情。

夫妻情更挚，

儿女孝心诚。

政策今朝暖，

民安国太平。

给醉客画像

请客陪酒数我行，

酒杯一举就忘魂。

名酒千杯没关系，

公款买单不要紧。

举止摇摇动失态，

大话诺诺语不清。

刹那呕吐手脚冷，

紧急抬进医院门。

七律·万腔热血战冰灾

天飞冻雨地生寒，

雪掩三湘撼四山。

铁塔折腰殃电网，

车轮打滑步难前。

饥鹰觅食寻无处，

游子归家望眼穿。

百载难遇冰冻害，

万腔热血换新天。

注：2008年2月于岳阳。

念奴娇·汶川地震

一场噩梦，瞬间临天府，路瘫灯灭。地颤山崩音讯断，惨睹山川悲切。石塞江流，人埋瓦砾，市毁炊烟绝。千年难遇，怎奈灾捣心裂。

回望碧水蓝天，疾风千里，更识君臣杰。唤起军民千百万，四海华人争跃。国际支援，奋身苦战，携手忠魂烈。赤心挥写，人间豪气高节。

注：2008年5月于岳阳。

临江仙·难忘是真情

　　冷雨寒风辞旧岁，欢声美酒迎春。黄昏老叟病加深，贤妻催得急，快去看医生。

　　妻望吊针心不静，且将泪水偷吞。通宵守护盼天明，床边听夜雨，难忘是真情。

浣溪沙·庆北京奥运

奥运金秋沸北京，东风送爽暖如春，丹心苦练百年情。

雪耻醒狮圆一梦，炎黄儿女扫千军，扬威四海国中兴。

注：2008年9月于岳阳。

临江仙·登上海环球金融中心

望浦东高楼耸立，人来车往如云。流光易转梦难寻。星空踱步，遥瞰鸟惊心。

放眼群楼堪自奋，高歌婉唱乾坤。繁华市景藏经深。春光美酒，岂敢醉三分。

七律·三峡春晖

迎浪乘舟出雾城，

丹崖碧水物华新。

繁星皓月归江咏，

云雨巴山放晚晴。

宏伟坝高千丈立，

辉煌灯亮万家明。

凝眸神女惊奇景，

三峡春晖照后昆。

北望

北望苍松不畏寒，

故园无雨小河干。

长空万里飞秋雁，

知信九州路八千。

注：2008年深秋于岳阳。

赏雪

雪染千山白，

凌包万树晶。

湖冰如面鉴，

天地好明清。

七律·喜迁新居

爱观金鹗托朝阳，

喜眺南湖涌紫光。

星月窗前惊望眼，

芝兰室内溢清香。

无为老朽新居暖，

有志孩儿笑语昂。

绕膝孙孙童趣乐，

春晖晚境日流长。

注：牛年春节搬进岳阳新居，聚儿媳、女儿女婿及
孙子、外孙于一堂，尽享天伦之乐。

七律·南水北调颂

自古江河日月流，

水淹天旱使人愁。

明君调水携民意，

厚德翻山解众忧。

碧浪滔滔恩万户，

凯歌阵阵唱千秋。

恭候大地添新锦，

造福中华伟绩留。

七律·又游君山

绕水经桥又进山，

近朋遄客喜开颜。

林中鸟语添游兴，

陌上花开助翠峦。

红叶山间天作美，

绿波湖里地相牵。

欲邀来客千杯饮，

畅叙巴丘苦乐篇。

观日蚀

闲月娟娟不自量，

痴心妄想蚀骄阳。

循规红日心如火，

坚守天庭照八方。

无奈月羞嗟力薄，

终归梦美入黄粱。

高歌明亮开新宇，

同欣乾坤满日光。

注：2009年7月22日于岳阳。

你是一泓清泉

——写给我的那些默默奉献的老师

你是一泓清泉，

日夜涌流，四季不断。

你是一泓清泉，

清澈如镜，纯净无染。

你是一泓清泉，

灌溉绿野，润泽心田。

你是一泓清泉，

归入大海，造福永远。

编辑室里的光亮

珍珠阵阵敲打着门窗，

鹅毛飞雪在窗外探望。

寒风悄悄从门缝挤进屋内，

好奇端详室内怎如此明亮？

原来相伴孤灯的，

还有一轮夕阳的光芒。

三更夜、寒冷的编辑室内，

七旬老人，搓搓手、饮杯茶，

激起脑海的灵感和热浪。

精心推敲，细细剪裁，

一件件，一行行，

编制着精美的嫁衣裳。

我的侄女是军嫂

侄女出生在洞庭湖畔，

清澈的澧水把她滋养。

稻波麦浪，油菜花的金黄，

陶冶了她心灵的孝顺和善良。

黄瓜豆角的清脆，辣椒大蒜的芳香，

促成了她性格的豪爽与坚强。

侄女读完了中专，参加了工作，

在党的阳光雨露中成长。

不觉又到了谈婚论嫁的时候，

正是幸福的岁月，美好的时光。

当年同窗纯洁的友谊，

给年轻人带来了希望与梦想。

岁月推移，曾经是同学的军人，

和侄女走进了婚姻的殿堂。

清清的万泉河水，静静流淌，

巍峨翠绿的五指山，充满阳光。

侄女成了一名军人的妻子，

美丽的海南岛成了第二故乡。

她非常清楚，也深深懂得，

军嫂双肩上担子的分量。

她是老家爹娘的女儿，

她是公公婆婆的儿媳；

她是现役军人的妻子，

也是乖乖女儿的娘。

她和其他军嫂一样，

需要转换多种角色；

和英勇顽强的战士一样，

认真站好每一班岗。

侄女以极大的关爱和孝心，

照料好多病的公公婆婆和爹娘。

爱女的冷暖、教育与成长，

丈夫的工作生活与身心健康，

无时无刻不牵挂在她的心上。

难怪丈夫的每一枚军功章，

无不饱含着她的汗水与心灵的闪光。

高大挺拔的棕榈树，

根系发达的大榕树，

在碧海畔、宝岛上茁壮地成长。

鲜花艳开的三角梅，

伴随着侄女甜甜的笑容，

军人的飒飒英姿与斗志昂扬。

我乐见他们幸福的家庭，

充满了温馨与阳光。

沁园春·仰毛主席宏伟雕像

橘子洲头，气爽风清，桂子溢香。仰毛公雕像，麓山俯首，湘江息浪，长岛荣光。如海人流，争先瞻仰，飒爽英姿气宇昂。芙蓉国，正万山红遍，闪亮东方。

谋商北战南征，播星火，金戈铁马强。举赤旗抗敌，势如破竹；胸兵百万，赶走豺狼。放眼神州，朝阳万丈，重振山河奔小康。中华梦，有雄文指点，战果辉煌。

沁园春·十一放歌

恶水沉舟，病树荒山，是我故园。望神州大地，列强践踏；中华文化，贼寇摧残。杰女豪男，义胆忠肝，哪岂容家国危安！赖中共，率人民奋翼，力挽狂澜。

千帆竞渡如云，正万木争春近百年。看承开奥运，凯歌传远，嫦娥北斗，闪亮蓝天。西气东输，水随人意，世博花香四海传。长江坝，共雪山龙舞，春满人间。

注：2009年10月1日于上海浦东。

江城子·暖衷肠

春光美景带清凉，望夕阳，细思量。小疾缠身，无奈我康强。况有药包千里寄，儿心孝，暖衷肠。

孝忠经史宝田堂，日悠长，永流芳。启后溯源，家训岂能忘。戴德怀恩天地阔，勤展翅，劲飞翔。

注：忠孝吾家之宝，经史吾家之田，此宝田家风为杜门传家之本。

七律·感悟西安

秋风拂我别黄花，

感悟西安望日斜。

华夏文明悲壮史，

皇城古都绽奇葩。

巍巍秦岭长相守，

浩浩黄河润物华。

俑马千军惊世界，

豪强跋扈任人呀。

注：黄花系指湖南长沙的黄花国际机场。

七律·华清池畔联想

举目骊山景物乖，

华清池水暖心怀。

孰知五味人生路，

犹可三更梦境来。

百姓理当随意过，

帝王哪可绕离开。

欲行万里康庄道，

长播春风满径台。

怀祖曲江岸

晴空万里览西安，

曲江两岸桑麻田。

心铭始祖京兆郡，

杜伯立国三千年。

大雁塔中读经史，

芙蓉国里咏诗篇。

未圆杜陵瞻拜梦，

灯前慎独愧无言。

品食春发生葫芦头

好雨知时春发生，

葫芦头里不了情。

药王妙方意真切，

诗圣韵味细品评。

劳顿车骑觅远泊，

等座宾朋持耐心。

难能肠肚属金土，

降火补气味香醇。

注：春发生葫芦头被认定为"中华名小吃"，在西
安已有八十余年历史。春发生店名乃根据杜甫
诗句"好雨知时节，当春乃发生"而来。

七律·游西安后感思

汉武秦王各有神，

武皇无语后人评。

黎民铸就辉煌史，

血汗流丹瀚海情。

前代安邦后世鉴，

后人治国本为民。

中华今日复兴事，

全赖官民共打拼。

西安碑林勾怀

碑林堂上感怀深，

妙手先贤墨韵情。

撇捺钩横犹劲健，

千秋万代溢芳芬。

《长恨歌》观感

喷泉为幕地为台，

背景骊山星月乖。

诗史恢宏天宇壮，

乐天惹客苦思来。

相聚老年节

重阳相聚忆情深，

华发满堂笑语盈。

凝目相观心浪涌，

举杯长乐院邦兴。

注：2009年10月重阳节之际，回到曾经工作的医
　　院参加重阳聚会，见到许多一同工作过的老
　　同志，心情很不平静。高兴之余，特赋小诗
　　一首。

醉浦东

绿柳香樟鸣酷蝉，

长河丽院笼霞烟。

飞云携梦秋分降，

醉我江东又一年。

注：江东指浦东，写于2010年9月。

314

七律·书斋翰墨有清芬

——2011年春于上海勉儿

曾经搏击在京城，

有幸华东再打拼。

气盛心雄观大海，

潮奔浪涌展豪情。

蓝天万里前行远，

碧野千秋任图腾。

灯影玉楼长与伴，

书斋翰墨有清芬。

七律·浦东新居迎新年

迎春锦绣①新居美，

世纪天安②景物乖。

远眺曙光燃浩海，

近观绿荫绕楼台。

桂兰修竹窗前翠，

仙合红梅室内开。

老少阖家千里聚，

浦东喜庆抱春来。

注：①迎春、锦绣为上海浦东的两条道路。

②世纪为浦东的世纪公园，天安系指附近的天

安花园小区。

七律·上洋山

轻车快步上洋山，

浩荡情思放眼看。

追忆狼烟成旧梦，

岂饶骇浪搅新寒。

恢宏气宇大深港，

迎送五洲好友船。

再望春潮东海涌，

浦东灯火映长天。

五律·江东八月天

江东八月天，

白日阁楼悬。

银燕无声过，

飞云万朵妍。

气清朝暮爽，

水碧路桥牵。

林荫花香处，

人欢鸟语喧。

浣溪沙·赏馨澄

　　不改痴心南国情，迎春踏雪觅芳程。紫荆招展爱新晴。

　　春燕劳勤雏燕巧，风光旖旎赏馨澄。香江水碧映亲人。

注：2011年4月28日写于岳阳。

七律·夜观明珠陆家嘴

极目临江眼福馨，

连天丽阁彩灯明。

惹羞秋月遮残脸，

饮愧繁星匿暮云。

妙曲清音飞广宇，

游舟画舫漾芳春。

明珠雅韵陆家嘴，

情动江边四海人。

注：2011年10月写于上海。

七律·参观杜月笙故居有感

无名商贩闯申城，

年少低身算奋勤。

岁月峥嵘风雨骤，

征途坎坷友师情。

胸怀坦荡容人鬼，

胆气昂扬傲骨魂。

敢冒死生张义举，

全凭智勇驾风云。

注：2011年11月写于上海。

321

幸赠寒江雪诗（二首）

祝喜结良缘

雪映寒江鱼水情，

浦东贤侄遇知音。

师生共谱白头韵，

长叙乡亲美善真。

祝喜迁新居

雪舞寒江澧水清，

东流不息寄深情。

放飞上海中华梦，

一路花香满屋金。

七律·勉孙孙

爷爷智短手空箩，

惟望孙儿闪亮多。

常记成才须苦砺，

当知雄起靠拼磨。

孝忠仁爱亲朋聚，

礼义虔诚良友和。

百姓家邦心莫忘，

书香墨韵有欢歌。

注：2012年秋离上海前夕，特赋诗一首，愿孙儿健
康成长，成为有益于社会和人民的人。

滴水湖边的遐想

我漫步在滴水湖边，

眼望着清澈平静的湖水，

胸中热血沸腾，

脑海荡起波澜。

一滴一滴的水哟，

汇成了条条小溪和大江；

汇聚成了湖泊和海洋。

天长日久，你可将大山斩断，

也可把坚硬的顽石滴穿。

千里河堤、万亩良田，

你更可将其毁于一旦！

一滴一滴的水哟，

你可使机器轰鸣，黑夜照亮，

还可将五光十色收藏。

当你变成缥缈似仙的云雾，

你可遮挡月亮和太阳。

当你凝成坚硬挺拔的冰山，

你可将万吨巨轮阻挡。

是你细雨无声，大雨倾盆，

是你千里冰封，白雪茫茫。

我乐见潮涨潮落的壮景，

我更喜万里长江后浪推前浪，

那雄姿豪壮的千丈飞瀑，

更是你演奏的惊世交响。

我欣赏你滴水的功德，

你深深懂得：团结就是力量。

你成就了万物的繁衍和生长。

一旦没有了你的存在，

整个世界将不堪设想。

毋庸置疑：

要么是枯萎，要么是死亡。

我更期盼的是：

你的举止行为要公平，不要猖狂，

更别把毁灭灾难带给尘世上，

我们诅咒你的不轨、发难。

我们更有珍爱滴水的思想，

滴水之恩，我们永远永远不会忘。

临江仙·喜"神九"发射成功

照晚霞光天地艳，凌霄"神九"遨征。问天阁内聚豪英。整装听指令，心记壮行声。

"神九""天宫"如意吻，天庭王母欢心。寂娥起舞慕芳邻。豪男贤女俏，军礼亮天庭。

鹧鸪天·癸巳五月诗友聚益阳

五月益阳晓日升，资江两岸迈新程。宾朋远道来相聚，壮志豪情墨韵珍。

观美景，赏新城，欢声笑语沁人心。吉祥满市阳光道，好梦连连照眼明。

南歌子·为益阳羽坛女
世界冠军龚智超等而填

玉女荷花俏，风光巧手间。打拼如虎翼双添，更似羽坛飞燕舞蹁跹。

圆梦须磨砺，争冠靠勇攀。国旗升起普天欢，喜看金牌闪亮照红颜。

画堂春·赞益阳松花皮蛋

松花皮蛋美名长，不知食过多筐。每逢佳节购求忙，与友分尝。

一品清香叫妙，再尝味爽难忘。千年名品永弘扬，万代流芳。

浣溪沙·参观周立波故居

秀美清溪人不忘，《暴风骤雨》励兴邦，《山乡巨变》好风光。

纵有寒风吹骨冷，朝阳依旧化秋霜，神州无处不芬芳。

注：2013年6月9日于益阳。

七律·白鹿寺、会龙公园有感

日照山崖秀竹青，

高楼栉比满城春。

连天碧水轻舟远，

绿荫仙斋景醉人。

白鹿晚钟传义举，

禅林古寺唱和平。

会龙岭上葬忠骨，

仁爱胸怀感世深。

注：何凤山墓在会龙公园。二战期间，任中国驻维
也纳总领事的何凤山向数千犹太人发放了前往
上海的签证，使他们免遭纳粹的杀害。

七律·益阳景美人和好

乡土清音唱楚葩，

倚窗翘首望朝霞。

和风着意春千里，

喜雨逢时乐万家。

田野蛙声歌盛世，

林中鸟语颂中华。

益阳景美人和好，

巧绣潇湘幸福花。

注：2013年6月于益阳。

古城新貌焕青春

诗情画意益阳域，

资水洞庭紫气腾。

锦绣山河今更美，

古城新貌焕青春。

益阳是诗乡

水绕益阳胜画廊，

田园景色富诗乡。

湘莲稻米驰名远，

墨客文人传四方。

自古益阳巧匠多

自古益阳巧匠多，

青山绿水织金箩。

黑茶味醇千家品，

竹器琳琅四海歌。

诚希茶淡谊长留

一

巧逢端午粽飘香，

满腹诗情别益阳。

更有洞庭风景美，

名楼情惹韵仙忙。

二

万里风尘到洞庭，

范师益友胜亲人。

权怜老叟无招待，

惟望斜阳载我情。

三

水天烟雨岳阳楼，

旖旎风光好兆头。

寒舍有缘迎远客，

诚希茶淡谊长留。

注：为欢迎《乡土诗人》编辑部常务副主编杨铁
　　光、副主编马长富、刘世耕及编委刘文志、胡
　　海等一行来岳阳楼一游而作。

敬长富，悼凤珍，寄哀情（三首）

浣溪沙·寄哀情

拨浪声声唱晚晴，贤良小妹盼天明，情深义重好夫君。

难舍金婚缘分满，雪飞北国映丹青，洞庭烟雨寄哀情。

鹧鸪天·献爱篇

风雨同舟五十年，贤妻良母病魔煎。孝心儿女床前伺，摇鼓夫君美德传。

寻好梦，梦难圆，相濡以沫并蒂莲。双飞比翼情缘颂，泪眸悲怀献爱篇。

蝶恋花·情相映

字字琴声流玉韵，万缕情思，真爱诗言尽。花眼忧心观旧景，灯前不见佳人影。

泣泪潜然孤枕冷，鼗鼓声声，心语犹神圣。但愿天堂清福永，阴阳两隔情相映。

注：2013年夏，马长富先生赠我《拨浪鼓之歌》一书，深受感动。反复拜读后，深知此书是先生用心血与深情凝铸的结晶。敬仰感动之余，先后填词三首。

千里诗友情（三首）

文妙丹心

铁骨丹心不倦神，

光芒闪烁妙诗文。

人钦吾仰铭心肺，

好句流芳日月明。

低身情深

玉壶居暖蕴诗魂，

伴月长灯三五更。

点墨千金乡土沃，

行间字里总怀情。

智睿才高

凤舞龙腾翰墨香，

壮怀乡土热心肠。

才高八斗黄金屋，

借我三升长智囊？

注：荣幸地收到诗友杨铁光先生千里之外寄来的墨
宝和数册馨著，甚为感激，拜读之余，深受教
益，常有心得。献丑七绝三首，以示敬仰之
心，以表感谢之意。

临江仙·做客善俊家

宋府新楼迎客聚，友朋鹤发童颜。欢声笑语谊绵绵。畅谈天地阔，激越举杯间。

岁月沧桑多旧梦，堪称五彩斑斓。盛情善俊醉中欢。青丝何不见？济世拯青山。

注：2013年10月9日，同学毕业五十年后相聚同济医学院，欣喜非常。当晚，国内外好友二十余人应邀做客宋善俊家。兴尽特填《临江仙》一曲。

浪淘沙·校友毕业五十年后聚母校

别后走山川，喜聚摇篮。天南海北月儿圆。见面心欢人不识，笑看新颜。

母校桂香妍，梦系魂牵。精英励志胜当年，济世桑榆多厚望，薪火长传。

画堂春·情系潇湘

寻梅踏雪近春光，张灯结彩花香。奔腾万马送安详，乐美心房。

喜雨迎春赐福，和风载梦扬芳，潇潇洒洒任翱翔，情系潇湘。

注：2014年2月20日于岳阳。

七律·有幸上海度中秋

扬鞭策马共婵娟，

丹桂飘香喜朗天。

儿媳艺高肴馔美，

清音情挚吻心甜。

香槟醇酒杯杯爽，

金骏眉茶盏盏鲜。

秉烛仙桃添雅兴，

人生多彩梦斑斓。

注：2014年9月8日于上海浦东天安花园。

初到纽约

万里晴空飞纽约，

高楼耸立揽流云。

蓝天一线留风景，

白日无心照路人。

不怨名街①宽五丈，

堪夸园树越千根。

女神真意自由颂，

百姓梦中仍觅寻。

注：①名街系指美国纽约的华尔街。

七律·有感波士顿

美国北疆波士顿，

文宗秀景令人钦。

炎黄美食他乡俏，

华夏文明异域馨。

天下为公惊望眼，

自由平等奈追寻。

五湖四海皆为客，

绿水青山天赐人。

注：波士顿乃美国教育重地，高校云集，风景优
美。在市中心有醒目牌楼，上写有"天下为
公""礼义廉耻"等话语。还有"龙凤餐厅"
"喜盈门餐馆"等，无不使我高兴。

七律·春秋八十越重洋

春秋八十越重洋，

生日恰逢旅美邦。

贤媳赏光呈蛋面，

晴空赐福送安详。

三联瀑布雄姿壮，

一道长虹亮彩光。

加美清波携手颂，

人间我愿友情长。

注：加美指加拿大和美国。2014 年 10 月 1 日于华盛
顿及尼亚加拉。

温馨小屋

温馨小屋蓝天下，

华夏宏才自奋强。

举目堂皇金凤舞，

聆听弦乐琴声扬。

鲜花小院情高雅，

圣女苦瓜吟味长。

智勇双全神妙手，

大师艺苑永流芳。

注：在芝加哥，有幸参观涂志伟先生及胡女士住宅，感慨良多，特赋七律一首赠之。涂先生是美国著名油画家，胡女士是音乐老师。2014年10月8日于芝加哥。

浩荡神恩福满园

气爽秋高望朗天，

吾和老伴步清闲。

芝加哥市远来客，

阿亮海琛负担添。

诚爱待人真有教，

热情好客善为先。

前程美景光明道，

浩荡神恩福满园。

注：哲亮、海琛信仰基督教。在芝加哥期间，受到
　　他们热情接待。特赋小诗以表感谢以示祝福。
　　2014年10月12日于芝加哥。

从华盛顿到尼亚加拉

四周苍翠绣山魂，

两侧青葱铸地灵。

一路顺风尘不染，

三秋凄寂伴千程。

康宁秋韵

翡翠长镶马路边，

胜装玛瑙在青山。

白云几朵蓝天上，

客似身临旷野间。

费城

费城不废史留名，

独立宫前绿草坪。

来去游人心事重，

自由钟破已无声。

哈佛大学有感

哈佛麻省并肩行，

桃李光华不二城。

猪智虽愚犹可教，

人诚岂忍假乱真。

注：哈佛校门有猪首像，寓意深刻，妙。哈佛雕像
有三错，假。

355

公路上遐思

偶见乌烟冲半天,

乘车长恋绿林间。

目极村落无人影,

山外可知有沃田?

读书心得点滴

行行字字重千斤，

铁骨铮铮笔有神。

书似明镜秤一杆，

残阳泼墨响雷声。

把笔随感

有意咏山山不语，

无心唱水水帮腔。

日明盛世书斋暖，

月朗放歌韵自香。

诗

弄墨挥毫常凑趣，

炼文敲字意成诗。

雕章琢句传文化，

短咏长歌为志嘶。

故乡情

羁旅半个多世纪，

经历过雪雨和风云。

常想起家乡小河流水清，

最叫人思念的是乡亲。

饮过长江黄河水，

食过鱼翅和海参。

吃不过家乡茄子辣椒美，

人间难忘是缕缕故乡情。

观赏过中外名歌舞，

看过南北万水千山景。

最爱听家乡山歌小鸟鸣，

一生改不掉的是乡音。

乡亲、乡情、乡音，

是我生长的根，做人的魂。

这里是我人生征途的起点，

朝朝暮暮始终萦绕在我心。

月下吟

事关家国眼中明，

诗贯古今月下吟。

一盏清茶心意爽，

陋斋把笔更生情。

啊，深圳

春风吹送走白云，

艳阳镶嵌在蓝天。

一个小小渔村，

转眼间成了大都市容颜。

三十年的工夫，太短。

这真是人间奇迹，

这是伟人的英明指点。

只有这中国人的速度，

才迎来了这南国的春天。

更使人不可忘记的是

她见证了中国人的智慧，

还有精气神，血和汗。

学校、山庄，绿树成荫，

高楼、大厦，直指云天。

海滩、公园，如诗如画，

大道、小区，美如花园。

啊，这就是深圳！

祖国改革开放的前沿。

她象征中国人的力量，

让我们的朋友翘首鼓掌，

让我们的对手刮目相看。

"落后是要挨打的"，

"发展才是硬道理"。

听吧，余音仍在耳边回旋。

反恐遐思

飞机撞毁大楼，

汽车袭击教堂。

炸车站，向人群开枪，

人肉炸弹，爆炸在大街商场。

血流成河，物毁人亡，

多恐怖的行为、多悲惨的景象。

鲜活的生命，都是父母生养，

怎么就鬼使神差地去殉葬？

是对人类社会的失望，

还是天理、良知的遗忘？

让侵略、残暴、战争、欺凌远离吧，

恐怖主义，必定是过街老鼠的下场。

我喜欢鲜花盛开的世界，

愿社会充满理智包容、正义和富强。

让朗朗乾坤、天地人群间，

多一些理解、友谊、和平与吉祥。

清远，祖国南天的一只金凤凰

沐和风细雨，览绿水青山，

第一次乘坐咱中国造的高铁，

我来到了南国美城清远。

来这里采风和取经的，

有我这年迈的诗苑小草，

也有名闻遐迩的诗坛名将。

从天南海北，从四面八方，

追随着相同的期盼与梦想。

清远，珠三角的后花园，

诗歌的摇篮，诗歌的海洋。

这里有"惊蛰雷"的轰鸣，

这里有生态诗歌的交响。

一大批各民族的新老诗人，

唐风宋韵般的美妙歌唱。

清远，不愧是诗歌之城，

诗歌的百花，在这里怒放。

牛鱼嘴的原始与沧桑，

飞霞山的悠远与深长；

太和洞的翠绿与天光。

穿城而过的母亲河"北江"，

游艇画舫，碧波荡漾。

两岸的琼阁翠崖，鸟语花香，

简直就是一首绝妙的长诗，

一座色彩斑斓的画廊。

啊，清远，美丽的清远，

你古老而年青，貌美而健壮。

你的儿女意气风发，英姿飒爽。

为了心中的中国梦、清远梦，

大笔谱写着新的宏伟诗章。

今日的清远像一簇禾雀花，

明天，禾雀花要展翅飞翔，

成为祖国南天的一只金凤凰。

情寄阴阳两福安

好友贤妻噩耗传，

车撞命断曙光寒。

古稀老伴孤灯冷，

慈孝家人泪雨绵。

哀怨满腔化思念，

悲怜一路祭清廉。

借来娄澧洞庭水，

情寄阴阳两福安。

注：得知好友袁怡悦先生夫人因车祸仙逝，悲痛不
已，特赋诗一首，以向死者寄托哀思，愿生者
节哀、保重。

三亚情

昨夜还是细雨叩窗，

今天却是和风骄阳。

"鹿回头"的情趣让我回味，

"槟榔谷"的诗话令我难忘。

大亚湾的交响多诱人啊，

美丽的凤凰，起舞在水中央。

五彩缤纷的晚霞，

簇拥着一轮红彤彤的夕阳。

椰林、人海，伴着欢笑，

潮涌、沙滩，磨炼坚强。

喜看儿媳孙孙们，

高兴地下海、弄潮、搏浪！

健康谣

家人和睦胸如海，笑口常开水三杯。

衣被清洁时加减，合理膳食健脾胃。

有氧活动要坚持，规律生活定起睡。

常晒太阳望星月，不烟少酒益心肺。

唱歌跳舞多参与，亲朋好友常聚会。

疏财重义气平和，淡泊名利留谦卑。

国强民富感恩党，幸福日子常自慰。

人生百岁不稀奇，身心健康永跟随。

我是一只小鸟

我是一只小鸟，

出生在洞庭湖澧水旁。

当时乌云遮日、兵荒马乱，

山河破碎、民忧伤、盼天亮。

我吃的是农民种的五谷杂粮，

终于迎来了五星红旗飘扬。

我沐浴着温暖的雨露和阳光，

毛羽渐丰满，体魄更健壮。

虽没有鹰击长空的大翅膀，

也没有大鹏展翅的崇高理想。

从懂事的那天起，内心深处，

就热爱着这可爱的家乡。

尽管征途崎岖，

越过岁月沧桑。

深深盼望着祖国大地，

山绿水清、苗儿壮、粮满仓。

飞呀飞，多消灭几个害人虫，

是我一生最大的愿望。

给幸福的人们留得青山在，

是我终生追逐的理想。

飞呀跳呀，和其他小鸟一样，

我要欢快地把新时代歌唱。

歌唱这生我养我的土地，

歌唱祖国人民的勤劳与善良。

一只船

一只西方人送给中国的船，

停泊在深圳蛇口的海岸。

它常勾起我中华被侵略的往事，

但愿它是和平友好的使者，

象征着东西方友谊的春天。

今天，船已被高楼大厦包围，

它见证着这里站起来的人们，

建设家园的执着、热情和勇敢。

欢迎你，来自五湖四海的朋友，

增友谊、保和平、谋发展。

竹枝词·爱女送药

破雾驱寒任雨淋，孝心爱女驶千程。

送医送药送安慰，感动爹妈热泪盈。

大雁塔北广场一瞥

喷泉瞠目高千尺，

悦耳歌声韵味长。

盛世浮雕辉亮眼，

圣仙诗赋永流芳。

悼念屈原求索忙

五月端阳飘粽香，

龙舟竞渡汨罗江。

喧天锣鼓人潮涌，

悼念屈原求索忙。

汉中热心肠

鹤发童颜气宇昂，

离休不改热心肠。

胸怀坦荡人生乐，

送了玫瑰手溢香。

注：汉中先生，不辞辛劳，不顾耄耋之年，四处奔
　　走，在较紧的开销中，拿出近两万元，完成已
　　故的朱立训老师花四十年之久收编的《联苑惊
　　奇》出版工作。让逝者安息，令生者感动。

虎丘试剑石

吴王阖闾试宝剑，

巨石刹那成两半。

难将剑劈考真伪，

莫邪英灵动地天。

楼韵荷风盼客来

斗转星移时不回，

端阳妙语记胸怀。

山高路远知音在，

楼韵荷风盼客来。

南山观音

南山碧海立观音，

环顾蓝天朵朵云。

岂让狼烟妖雾起，

呼风唤雨有长缨。

竹枝词·水仙赞

亭亭玉立笑颜开，雪拥风亲入室来。

水石相依花叶俏，幽香淡雅沁君怀。

摊破浣溪沙·陈赓留不住

生死情缘校长恩，不同观念也忘情。休怨将军少忠义，勿留人。

儿问父亲因困惑，父亲无语暗伤神。只恐居高令智短，死难明。

注：电视剧《陈赓大将》中，蒋经国问父亲蒋介石，陈赓是他的学生，又救过他的命，父亲给高官厚禄怎么就留不住呢？

夕照清风导我航

朗朗金秋菊正黄，

先生夔铄笔耕忙。

唐诗宋韵斋添暖，

流水行云字溢芳。

细品红茶情更切，

敬捧墨宝义难忘。

铿锵赞语为钔勉，

夕照清风导我航。

注：乙未年仲秋，请老领导汉中先生为"诗稿"斫
　　正，先生以八十三岁高龄赏以卓见，并赐赞
　　语、赠墨宝，叫我感谢不尽，受之有愧。这是
　　对我的鞭策与鼓励。

西江月·五十年后第一次相见

北国经风踏雪，南疆倒海翻江。一生医苑吐丝芳，桃李五洲竞放。

欢聚心潮澎湃，欣观母校辉煌。索河一曲气昂扬，风采浩然清朗。

注：大学毕业五十年后，第一次与吴志华同学于母校相见，当读到他署名索河的《回同济医学院母校》长诗时，心情激动。见他精神矍铄，豪放清朗，无不高兴。

七律·八十抒怀

八十春秋忆往程，

乡间小路度平生。

满腔热血青山洒，

两袖清风傲骨存，

惯把知书当沃土，

感怀仁爱胜黄金。

长将得失随流水，

惟以丹心颂国兴。

注：2015年10月于岳阳。

采桑子·重阳故地游

重游故地金秋爽，人到残阳。时正重阳，遍地黄花竞艳芳。

山清水秀湖如镜，旧梦思长。追梦情长，万里河山变画廊。

参观张家界三官寺玻璃桥

欣登山顶揽流云，

俯瞰峡深神欲倾。

桥面透明生趣想，

惊中壮胆上天庭。

访毛光明同学

白发明灯话语绵，

谊醇畅叙旧窗前。

何愁秋月夕阳短，

老马奋蹄路更宽。

注：毛光明同学乃原湖北荆州环保局局长。

穿越时空的痛与恨

穿越时空的痛与恨，

留下噩梦串串。

令我最难忘的儿时往事，

是我可怜的外婆，

还有外婆家的小竹园。

外婆家的小竹园，

常聚着我们的小伙伴。

捉蟋蟀、掏知了，

打雪仗、追小鸟……

竹园成了我们的小乐园。

万万没想到，澧州风云变，

就在1943年的秋天。

日本鬼子的一把火，

烧了外婆家的房屋大院，

就连屋旁的小竹园也未幸免。

目睹一片灰烬和残烟，

全家人心如刀割，骂声不断。

年迈的外婆眼泪都哭干。

怀着痛与恨，外婆食无味夜难眠，

不久卧床不起，离开了人间。

外婆家的悲惨遭遇，

只是中华大地灾难的一点。

今天，我们要振臂呐喊：

日本鬼子的侵略谁也不能否认，

万恶的侵华战争谁也不容翻案。

风行水上赞（二首）

一

水上风催丽日开，

迎春犬吠福星来。

禅心巧手织新梦，

更喜堂前龙凤乖。

二

清风水上鼓千帆，

满载甘甜到梓园。

椰语涛声盈耳乐，

春花劳燕自怡然。

月悦吉祥

皓月清辉照四方，

红荷玉立溢芬芳。

欢声笑语悦新妹，

柳舞轻风送吉祥。

注：2015年7月13日于岳阳。

行香子·再游张家界武陵源

三月春光，满目新房。武陵源，桃李芬芳。农家小院，喜气洋洋。瞧车流涌，人欢笑，菜花黄。

峡谷深长，桥面明光。看游人，神采飞扬。天梯百丈，追梦辉煌。赏江山美，民心壮，国康强。

注：写于2018年3月末。

寄语中年的你和他

中年人，不惑的年龄，

壮如牛，贵如金。

不再有往日的娇美与稚情，

多了几分儒雅、成熟的风韵。

生活中少了些迷茫与天真，

更显得沉稳和自信。

经历过人生风雨、电闪雷鸣，

也领略过人间春暖、鲜花掌声。

会用淡定、宽容与真诚，

面对社会万象和不一样的他人。

能用一颗知足、善良而感恩的心，

对待国家和大自然的赏赐与恩情。

作为新时代的追梦人，

贵知双肩的担子重千斤。

为了明天的幸福与温馨，

不忘初心，与时代同谐共振。

更懂得用自己的勤劳和智慧，

将平凡的日子，去装点、去打拼。

江垭情韵

遣去江垭家初圆，

九溪任教橘方甜。

北山鹭宿千年树，

娄水鱼游百丈滩。

医者情怀难记夜，

浣人意兴恋温泉。

常钦大侠杜心五，

天下扬名一族贤。

金婚赞老伴

相濡以沫五十年，携手相依并蒂莲。

甜蜜度日巧安排，沧桑岁月挑重担。

工作不分分内外，家事巨细手不闲。

老人膝下孝顺多，教子相夫更身先。

他人有难乐相助，个人衣食特节俭。

一件棉衣穿卅载，袜子常补四五遍。

待人和睦心慈善，贤妻良母不虚传。

莫怨桑榆夕照短，喜看儿孙霞满天。

七律·瞻仰毛主席故居韶山冲

朝阳普照韶山冲，

绿水青山育昊龙。

英烈六人身殉国，

雄文五卷树高风。

春雷震耳神州动，

星火燎原大地红。

力挽狂澜奇迹显，

天骄旗手世人恭。

君子兰

端庄素雅吐清香，

幽谷云崖是故乡。

君子有缘深结友，

芳心倩影亮华堂。

喂鱼谣

不论水窄与塘宽，

喂鱼取乐均自愿。

可怜鱼儿太贪婪，

为得食饵搁在岸。

西湖游

西湖岸畔柳荫重，

潋滟湖光染朗空。

难免断桥留旧怨，

当称曲院展新容。

雷峰塔下残红落，

禅寺林中雾雨蒙。

俏雅荷花芳欲尽，

游人画舫兴方浓。

祝贺陈姝、星潮相爱

一

东风盈耳对春吟，

朝日催生连理藤。

玉女怀朱诗意美，

浦江流唱百年情。

二

陈酿甘醇爱醉人，

姝金花艳遇知音。

星辰广宇播诗韵，

潮涌中华万载春。

注：诗歌与鲜花促成了二位相爱，特以其姓名与爱
恋相融合赋诗二首以赠。

为黄牛歌唱

我家的黄牛，高贵的头总是低下，

四只脚行走在希望的土地上。

它是我父亲的好伙伴，

耕耘地里尽显吃苦与坚强。

耕地时，常听见鞭儿空中响，

原来是父亲没有打在牛身上。

只为快点实现共同的愿望，

让这块土地早泛起金色的波浪。

当夕阳还挂在树梢上，

我骑上牛背寻找有草的地方。

不一会儿，父亲割来一大捆青草，

我知道这是父亲给黄牛的晚粮。

农忙季节，为了给黄牛加餐，

父亲常为它磨一些米浆。

黄牛在树荫下休息时，

我们为它驱蚊灭虫、梭刷止痒。

黄牛任劳任怨、埋头苦干，

为我家的丰收尽了很大力量。

它是我们家的好朋友，

我要放开嗓子为它深情地歌唱。

贺潇郎

历风沐雨育潇郎，

绿水青山送吉祥。

灯节爱观顽小子，

朝中打马一宏梁。

白衣战士赞

没有滚滚硝烟，

没有隆隆炮响。

但这是个血腥战场，

我们的战士来自四面八方。

没见坦克导弹，

唯见剑影刀光。

这是一场生与死的战斗，

我们的战士冲锋在死亡线上。

紧张的战斗何须豪言壮语，

满身穿戴着难受的戎装。

这是一场与看不见敌人的厮杀，

天使们肩负着党和人民的期望。

前面有战士倒下了，

后面的战士挥泪握拳紧跟上。

战胜新冠肺炎是神圣的使命，

面临生死你们依然斗志昂扬。

猖狂的敌人终于败下阵来，

万千兄弟姐妹恢复了健康。

虽有少数战士永别了亲人，

历史永记英雄的精神将永放光芒。

注：致敬抗击新冠肺炎的白衣战士，缅怀抗击疫情

中牺牲的同志。

七律·相聚老年节

老友情浓聚一堂，

秋高气爽正重阳。

昨天携手共腾跃，

今日登台歌舞扬。

岁月沧桑沐雨露，

情怀忧乐溢芬芳。

流光莫怨夕阳晚，

赏菊东篱花正黄。

注：2020年10月重阳节，欣然与医院老同事们一
起欢度节日，特赋此诗。

七律·浏阳河春晓

教授新居诗画中，

二江春水映蓝空。

主宾欢笑辞旧岁，

美酒佳肴牛气红。

共仰先驱功盖世，

当歌领袖万年雄。

浏阳河畔春光早，

追梦迎新四海同。

注：辛丑牛年迎春，在中南大学湘雅医院卢桂静教
授新居过年，在教授和夫人的精心安排下，歌
声与风景融汇，热情与美酒同醉，甚幸。感赋
七律一首。

鹧鸪天·脱贫颂

难得牛年春意浓，花开大地竞妍中。忽闻华夏春雷响，万里河山映彩虹。

洒血汗、脱贫穷，习总操心百姓崇。喜圆万代中华梦，彪炳千秋史册功。

正春天

跋山越岭正春天，

下海弄潮犹有缘。

气正风清别故友，

花开一路杜鹃燃。

夜观洞庭大桥

漾漾水波连浩天，

繁星闪闪水中观。

彩虹一道横空出，

天上银河也汗颜。

七律·澧水吟

翠岚聚雨送涛声，

湘北奔流入洞庭。

盛世坝高流异彩，

蛟龙顺意亮明灯。

云崖大地添新景，

父老乡亲喜内心。

稻菽千秋今日好，

清波岸柳对春吟。

忆江南·常德好（三首）

一

常德好，游子梦魂中。百里河堤垂绿柳，千丘稻麦染香风，荷映绿波红。

二

常德好，山水谱新歌。鱼满归舟争跳跃，鸭嬉双掌划清波，柑橘靓山坡。

三

常德好，追梦数今朝。宏伟高楼登大雅，文明礼貌领风骚，古韵磬声高。

腊月的病房里

严冬，寒风呼呼，乌云滚滚，

雨滴敲打着门窗。

腊月的病房里，

怎么这般灯火明亮？

病人无奈而痛苦的表情，

着急的家人满怀着期望。

天使们两手如织两脚如云，

为实现着崇高的理想。

一批批治愈的病人出院，

新的患者又迎进了病房。

我们辛劳的战士们，

天天战斗在刀光剑影的战场。

严冬终将乖乖地离去，

春天的到来是共同的愿望。

有党的领导和英明的决策，

人民青山依然在，大地仍芬芳。

注：己亥腊月于长沙。

七律·西去路上

人生如梦地天宽，

花艳掌声瞬眼间。

有力躬耕民是本，

无为莫给国添难。

钱财万贯非私有，

儿女成人心自安。

畅饮知足杯里酒，

何愁西去一人单。

注：2021年春因癌症晚期住院，其间偶成七律一
首，难免有几缕哀思，几声感叹，也有一分自
慰，一点坦然。

后记

时光恰如冰下水，悄然逝去浑不觉。行至人生暮年，回首往昔，感受过旧社会的困苦，经历过新社会的喜庆，品尝过大学生活的欢欣，奉献过青春给祖国的建设，喜阅过大好河山的美丽，尽情过伟大时代的幸福，在感慨万千之余，所幸有优美的诗歌伴随着一生的流光。

读小学时，常与放牛的小伙伴们一道，唱着牧歌。读中学时，文学课本中的诗歌，大多能背，三两同学相聚，也常以赋诗两句为乐。此时已是对民谣、牧歌有几分热爱。大学时，可以说对诗歌热爱有加，还经常涂鸦几首。在当时的农村公社合作化、"大炼钢铁"、除害灭病、防洪修路等活动中，总免不了抛头露面，作诗写稿。还在学校当时的诗歌比赛中，获得过一等奖，也有过文字在《中国铁路》《长江日报》上露面。对中国当代的著名诗人，如臧克家、贺敬之、郭小川、艾青、未央，以及俄国的普希金非常仰慕，经常拜读他们的作品。

在大学，我是学医学专业的，有关诗词方面的知识，涉猎不深，在重温和整理往日的诗稿时，总觉水平不高。拿出去，确有难见"公婆"之感。好在工作之余，特别是退休之后，读了一些唐诗宋词及有关诗词格律和词谱的书，长识不少。部分诗作也作了不厌其烦的修改，我虽没有"语不惊人死不休""一诗千改始心安"的精神，总觉还是尽了一番努力，一而再，再而三的改动，一首诗改上十次八次是常有的事。当然水平有限，瑕疵难免，在严师行家看来，恐是乱麻纠结，无多新意或不伦不类，读之乏味。但作为一名医生，在诗歌的海洋里，低咏几首，细唱几声，自寻其乐，悠哉成集，总算天道酬勤，时佑我也，权当在人生征途，留下的几个爪痕、几封家书、几声嘱语，几个不起眼的远去的身影。

这次选编出的近四百首诗歌，是从我八十多年的人生长河中选出。1970年以前的少部分诗词，均是在破碎纸片中找得，好在也弥补了这段时间的空缺。遗憾的是，以前写的大部分诗稿，尤其是大学期间写的几本诗稿，约有三百首之多，不知丢到哪里去了，这是我心中永远的痛。现选的这些诗词中，不乏牧歌、民谣、新诗，甚至打油诗，也有古诗词，古诗中有古风、古律，可以说是五味杂陈、俗语成篇的大杂烩。但就律诗和词而论，还是尽力"按规必从"，但求宽严有度。如对律诗字句、平仄、粘对、押韵从严，对仗则从宽。颔、颈二联往往没用工对，或仅用半对半不对。用于平仄上，本着"一、三、五不纠，二、四、六分明"，避免三平脚和孤平，这样增加了不少灵活性。这次还收了几首仄韵诗，新诗也收选了不少。白话成篇，叙事抒情为主，力求言简意懂押韵。总之，从内心而言，只求心意真善，直抒胸臆，一吐为快就好，以正能量为准，示后来者为乐。

在书稿的修改和编选过程中，得到不少好友的鼓励、帮助和斧正。对此，我衷心感谢他们提出的好意见，坚决采纳，他们给予的溢美之词，常使我脸红，手足无措，权当对我的鼓励和鞭策。特别是中国作协会员、中国诗协会员、《乡土诗人》执行主编杨铁光教授，亲自修改部分诗稿，让我受益不少。国际文艺家协会会员、中国当代诗协会员、湖南作协会员袁奋先生，湖南书协会员、原张家界书协副主席杜汉忠先生为本诗集评阅指导，并不辞高龄为本书作序，在此一并致以深深谢意。

在本次遴选的这些诗词中，很多已在杂志和报刊中发表，有的可能有字句的出入，多因修改之故。且不论恰当与否，均以本集为准，敬请读者见谅。

在本诗词集编辑出版过程中，得到了财政部马勇副司长、杜方处长、杨兆华处长以及著名作家、中华文学基金会副理事长、秘书长鲍坚先生，北京师范大学社会学院李海燕副院长的关心和帮助，尤其是作家出版社的丁文梅老师对本书的编辑和出版，付诸了大量的心血，在此一并深表感谢。

最后赋七绝一首作毕。

杜甫堂前拾墨痕，

修书养性到如今。

炎黄儿女情难了，

敬献素笺安吾心。

杜修炎

2021年3月28日于湖南岳阳

图书在版编目（CIP）数据

杜修炎诗词集 / 杜修炎著. -- 北京：作家出版社，
2021. 8

ISBN 978-7-5212-1482-6

Ⅰ. ①杜… Ⅱ. ①杜… Ⅲ. ①诗词 - 作品集 - 中国 -
当代 Ⅳ. ①I227

中国版本图书馆CIP数据核字（2021）第129274号

杜修炎诗词集

作　　者：杜修炎
责任编辑：丁文梅
装帧设计：意匠文化·丁奔亮
出版发行：作家出版社有限公司
社　　址：北京农展馆南里10号　　邮　　编：100125
电话传真：86-10-65067186（发行中心及邮购部）
　　　　　86-10-65004079（总编室）
E-mail:zuojia@zuojia.net.cn
http://www.zuojiachubanshe.com
印　　刷：唐山玺诚印务有限公司
成品尺寸：142×210
字　　数：125千
印　　张：13.875
版　　次：2021年8月第1版
印　　次：2021年8月第1次印刷
ISBN　978-7-5212-1482-6
定　　价：78.00元